Whispers Through the Willows
Volume Three

柳樹浪漫

Presented by
moscareto | Tsukimi Ayayoru | Yen-Chi Hsu

※小說中的背景及設定皆為虛構，與現實中的人物及地名沒有關係。
※此小說以韓國解放後未分裂之君主立憲制的虛構現實為背景著作。

目錄

Whispers Through the Willows
Contents

버드나무 로맨스

Whispers Through the Willows

第10章

「不過您剛才為什麼不帶他一起出來啊？」

「……嗯？帶誰？」

李鹿在思考韓常瑮清秀的臉龐適合什麼顏色的綢緞，慢了一拍才做出回答，鄭尙醞便不爽地用下巴指了指韓常瑮正走來的方向。

「在那陣混亂之後，他就一個人孤零零地留在韓會長旁邊，依他那膽小的性格，應該都快嚇死了吧？」

「大概吧？」

李鹿認同地點了點頭，或許韓常瑮在邁開步伐之前，就已經跌倒好幾次了吧？他搞不好還看著自己，覺得自己孤身留他一人在那的背影很冷酷，默默地流淚吧？但是……

「但我還是相信他可以有很好的表現。」

他認為韓常瑮比他想像的還要堅韌頑強。在李鹿的這句補充說明之下，鄭尙醞冷冷地皺起眉頭來。

「唉，我看宗廟裡就別刻諡號，上面就刻個『常瑮控』好了。」

「啊哈！就這麼辦好了？很獨特、很不錯啊。」

「呃？您現在是說很獨特嗎？」

「嗯。」

「呵呵……您也真會說話，您一開始還說什麼，他至今為止都是刻意做出那些行為的。」

「啊，尙醞，現在還不到想那種事的時候，拜託你別再胡思亂想了。」

在李鹿誇張地做出厭倦的表情之後，鄭尙醞才癟著嘴默默退下。

李鹿認為韓常璟一切行為都是演出來的想法，現在確實是有些消退，不對，大概是那時候……在他聞到淡淡櫻草香，便馬上想起韓常璟的瞬間開始……就有種以後也沒辦法狠心待他的預感。

但是，還是為了以防萬一，又該說是對他依然抱有一絲絲的懷疑嗎？

這和韓常璟隱瞞自己的身分無關，而是李鹿的習慣，畢竟這些日子以來，他已經看過無數在他的心劃上刮痕，狠狠背叛的人了。

除此之外，韓常璟確實也是一名意志堅定的人，儘管因為那些束縛住手腳的悲傷記憶而痛苦，他依然表示要試著鼓起勇氣，即使很難立刻做到，但只要給他一些時間，就會努力嘗試。

對李鹿而言，就算韓常璟只是口頭說說也無所謂。他很清楚地明白，光是韓常璟擁有想要向前跨出一步的決心就很不簡單了。

雖然李鹿擔心這樣會不會太過於強迫他，但是因為韓常璟意志堅定，便讓人想給他與之相當的機會。

李鹿從他總會貶低自己的行為來看，大概是因為過去從來沒有機會嘗試一些事情，所以也希望韓常瓌能趁著這次來考驗決心。

當然，就算韓常瓌無法戰勝韓會長而走出來也無所謂，光是熬過那駭人的壓迫感，一直守著那個位子，不就是一件值得稱讚的事了嗎？

當然，若是時間流逝，韓常瓌也一直都沒有要出來的跡象，他心裡當然也做好要請人去把韓常瓌帶出來的打算。

畢竟之前他也答應過韓常瓌，說會把他救出來……

「對了，尚醞，我現在才想到，你去跟寢房那邊說一下，他們似乎得準備一些衣服了。」

「什麼衣……啊，韓常瓌的嗎？」

「嗯，他好像只有幾件衣服，而且那些衣物還很破舊。」

「申尚宮正好有跟我提過這件事，說是因為要看柳永殿那個瘋子的臉色，所以這些日子以來都沒能顧及這一塊，而我也忙到都忘了。」

鄭尚醞一邊點頭一邊補充說明，聽說宮內的人有時偷偷送一些有用的東西給韓常瓌，若是被那個毒蟲知道，他就會很惹人厭地把它們全毀掉。

「什麼嘛！你怎麼這麼輕易地答應？我還以為你會不高興，說我腦子壞了，居然想給他新衣服。」

「不論我喜不喜歡，他好歹都是住在正清殿裡的人，衣著要乾淨整潔啊。而且我之前也跟您說過，我會不喜歡他，並不是因為私人情感。」

「這我知道。」

雖然鄭尚醞不滿的事情很多，但李鹿很清楚地知道鄭尚醞所做的一切，都是為了李皇子好，還有連花宮的榮華富貴。

所以鄭尚醞才會是唯一一個能完全相信，並將事情交付於他的人。

「喔，他的狀況看起來比想像中的還要好呢。」

這時，假裝沒聽見皇子殿下與鄭尚醞之間的對話，一直探頭觀望的金內官用著響亮的聲音說道。

「就是說啊。」

李鹿站著三七步，並輕輕地歪著頭。

當然，李鹿是故意這麼做的，若是讓韓常璟發現自己至今都擔心地等待著他，依照他那膽怯的個性，一定會覺得很有壓力。

「啊，殿下……」

韓常璟露出一副像是頭上出現了大大驚嘆號的表情，靜靜地望向李鹿。

他似乎在這時才發現李鹿的存在，沿著低矮的斜坡，彷彿是被推擠一般快步地走來。

真是太可愛了，就像一隻滾來滾去的齧齒類動物……

李鹿仔細地想了想，他剛才進到成永堂的時候，也用極為嚴肅的表情面朝前方地後退，而且一路還撞到不少東西。

雖然李鹿現在回想才覺得那還真的是一個危險的動作。明明是比任何時候都還認真且嚴肅的時刻，卻因為韓常瑮的行動太過可愛，而讓自己差點忘記場合大笑出聲。

「你來啦？」

聽到李鹿瞬間改變的溫柔嗓音，站在身邊的鄭尙醞用食指在太陽穴上揉了揉，雖然這是一個極為放肆的動作，但是李鹿現在的首要任務是安慰韓常瑮，所以他就先當作沒看到。

「是……」

李鹿已經準備好了，如果韓常瑮有任何話想說，他也已經做好承受一切的準備了。不論他是要哭著說很可怕，或是要發牢騷說剛才快要窒息而死，甚至是為了被獨自撇下而難過生氣……但是韓常瑮最終只是張開幾次嘴巴後笑了笑。

而這時，韓常瑮溼透的衣袖以及被線頭緊緊纏住的手指才映入李鹿的眼簾。

李鹿仔細盯著韓常瑮的動作，裝作什麼也沒看見地轉頭。

結果他還是哭了。在走來這裡的路上，一個人偷偷地哭了……

「肚子餓了吧？」

李鹿若無其事地轉移話題，韓常環如釋重負地輕輕點了點頭，為了努力露出笑容他的眼角而因此顫抖泛紅。

「我們去吃午餐吧，我之前從景福宮偷來的好東西還有一個。」

「殿下，您剛才說……從景福宮什麼？」

「啊，沒什麼啦。」

「您剛才不是說還有一個什麼嗎？意思就是您帶了很多回來囉？」

鄭尙醞悄悄地跟在李鹿身後，吃驚地一問。

韓常環這才看懂兩人之間是在開玩笑，便稍稍鬆開眉頭。

「殿下、殿下，請等一下！」

「你沒來過這裡吧？」

李鹿無視鄭尙醞的話語，又向前邁開半步，然後簡短地為韓常環說明成永堂自豪的特殊建築樣式。在每個輕瞥的瞬間，韓常環認真傾聽的模樣都映入李鹿的眼簾。

無論是多麼微小的事情，韓常環卻總會哀嘆自己的無力與無能，而且非常頻繁，彷彿理所當然一般……

雖然李鹿無法認同韓常環對自己的過度自我貶低，但是他確實一直將韓常環視為一個必須守護與幫忙的軟弱存在。

不過李鹿現在這麼一看，韓常琛也用不同的方式展現出自己的堅強，甚至讓他覺得當初傲慢地想要給對方一個自主離席機會的行為，實在有些羞恥。

「一路跟來這裡，辛苦你了。」

李鹿此刻能感受到韓常琛跟在他身後的呼吸聲。

「我們今天去吃很多好吃的東西，然後讀個書，最後再休息吧！」

就算李鹿不轉身也能知道，韓常琛一語不發地並默默點著頭，偌大淚珠也隨著動作而掉落。

本來李鹿還想鄭尙醞是否正在用鼻子嘆氣，但隨後聽到身後傳來沙沙聲響，看來是鄭尙醞將手帕遞給了韓常琛。

而李鹿則是像是什麼也沒聽見似地，用著適宜的速度繼續前行。

若以原本的程序來說，李鹿會讓鄭尙醞從錄音紀錄開始作業。但是他現在決定將這件事稍微延後，因為就這件事來說，他希望可以等到韓常琛對他親自開口。

「……謝、謝謝您。」

韓常琛低語的聲音小得不可思議，他好不容易吐出的每個音節上，都掛滿了淚珠。

李鹿什麼話也沒說，只是默默地裝作不知情。

這真的是一件神奇的事，明明是個比飄揚的風聲還要微弱的一句謝謝，李鹿卻能清楚地聽見……

還有自己會對韓常璟……感到如此在意的心……

如果變成在海底漂蕩的海草，是不是就是這種感覺呢？不論是身體還是心靈，韓常璟都有一種輕飄飄的飄浮感。韓常璟現在覺得一切都很不真實，一整天呆愣愣地坐在那裡。

令人感謝的是，殿下什麼也沒問，面對自己那哭得像傻瓜的模樣，也當作沒看見……對他真的只有滿滿的感謝。

對於韓常璟好不容易才問出口的「為什麼是自己？」，韓代表根本沒有做出任何回答。他一副像是沒什麼話好說似地，將韓常璟視為一個不存在的人，繼續動著自己的筷子，在韓常璟堅固的決心無緣無故地挫敗後，站在韓代表身後的一名祕書也忍不住地「噗哧」一聲笑了出來。

打從一開始，韓常璟就沒期待韓代表能夠給出任何有誠意的答覆，也早已料想到他會被無視。

但現在看來，韓常璟的存在對那些人來說，似乎比想像中的還要微不足道，即使恐怖的韓代表還在場，那名祕書甚至還能夠笑出來。

對韓常環而言，用來定義自己過去二十年痛苦人生的，並不是任何簡單的詞彙，而是某人的一聲恥笑。

「韓常環，你在裡面嗎？」

「……啊，是！」

韓常環放空到連有人靠近都沒察覺，仔細一看，他手上的書還拿反了。

「你都沒回應，我還以為你在睡覺。」

「抱歉，我……我在專注地讀殿下為我選的書……」

韓常環像傻瓜一樣結巴地說道，背脊更是冷汗直流。

當然這並不是鄭尚醞的錯，但經歷過今天那種事後，韓常環要站在看自己不順眼的人面前，還是會覺得有點吃力。

「那個……殿下說要見你。」

也許是鄭尚醞知道韓常環今天的狀態不太好，他用與之前稍微有點不同的柔軟語氣，告知韓常環他之所以來到廂房的理由。

「殿下？但他說今天會很忙……」

李鹿為了安撫韓常環，捲起衣袖，想要親自為韓常環準備一桌料理，但因為詩經院及春秋館突然聯繫，只好在無可奈何之下離席前往。

「殿下不久前回到正清殿，還有……」

鄭尚醞焦躁地搔了搔臉頰，他微妙的臉部表情就像是在說著「我連這種問題都要問嗎？」。

「這是殿下要我問，我才問的喔。韓常璭，你喜歡溫泉嗎？」

「溫泉？」

「是的，溫泉。」鄭尚醞不情願地回答著。

「嗯，但也不到仁興溫泉的程度，只是將沸騰的水倒入大木桶而已。」

韓常璭慢慢地眨了眨腫得有如金魚的雙眼。

如果可以的話，他也很想迅速答覆……但是他現在卻不明白鄭尚醞為什麼會問他有關於溫泉的喜好。

「殿下現在是想要在這個時間去泡溫泉？」

「當然不是要去咸鏡道，只是在正清殿裡面一起放……咳咳，總之他是說一起玩。」

啊，原來如此，韓常璭糊裡糊塗地點了點頭。

話說回來，鄭尚醞剛才好像是要說「放肆」……

「他剛才也是大聲呼喊說要親自為你準備飯菜，可惜最後因為太忙而中途離席。從這點看來，他真的很在乎你呢。」

「我真的沒事……」

「雖然本人可能會覺得自己看起來沒怎樣，但現在不論是誰，只要看到你這樣子，都不會認為你真的沒事。」

鄭尙醞冷冷地喝斥韓常瓔，示意要他加快腳步，打開廂房的門。

「走吧。」

「現在？」

「對，殿下已經在裡面等了。」

鄭尙醞都將話說成這樣了，韓常瓔也沒辦法請求對方給予他一點心理準備的時間。

既然韓常瓔沒有什麼行囊能準備的，那也沒有什麼藉口推託。

當然若是之前，會擔心口服藥和針筒之類的被發現。

但現在也沒有那樣的東西可以藏了。

韓常瓔壓著鬱悶的胸口，邁開沉重的步伐。他會如此猶豫並不是因為有什麼了不起的理由，只是擔心自己若是看到李鹿的臉之後又哭了的話，那該怎麼辦？

如果能給他一點時間做好覺悟，這種擔心是不是就能再少一點呢……

「雖然我剛才也說過了，儘管那邊裝飾得像是一座溫泉，但可不像電視劇裡出現的那樣，有著金碧輝煌的盥洗室或是沐浴設施。不僅是殿下，就連陛下的也差不多如此。」

「啊，這樣啊？」

「當然，我的意思是指它沒有到什麼殿、什麼堂……這種名字的水準，並不是指它沒有其他設備，雖然那裡建造得很漂亮，但只能說是一個比想像中還要簡樸的空間。」

「啊啊，是……」

韓常環進宮之後，覺得最難理解的就是這種話術。

儘管單純地只是敘述一間浴室，也會給它一個長長的解說。說法就是如此如此，這般這般。但也只是用來指稱某個東西而已，儘管如此，也不能將它看作是微不足道的什麼東西……

這種模糊不清的說話方式，韓常環聽申尚宮說過，就算不是在宮內，只要是處理國家政務的地方，都是如此。

「朝這個方向一直走下去，就會看到殿下所使用的辦公室，從這裡的門出去的話……」

鄭尚醞拿出掛在脖子上的公務員證朝某處靠了一下，像是要掃描似地揮了揮。

不知道的人看見他這個動作，大概會懷疑他是不是瘋了吧？因為那道牆看起來就是一個看不見任何特別裝置的普通牆面。

但是在鄭尚醞的公務員證靠近牆壁揮了幾次之後，突然發出嗡嗡聲響，樹木的枝條向側邊移動，神祕的隱藏門也隨之開啟。

「呃！門、門？」

「冷靜點，你進去之後會看到一個特別的房間，那是只有殿下能使用的浴室。裡面也沒有其他路可以走，你只要看著前面繼續走下去就行了。」

「呃……我一個人去嗎？」

「什麼？難道你覺得連我也要一起進去嗎？」

也許是鄭尙醞光用想的就覺得討厭，他緊緊地皺起眉頭，揮著手示意要韓常璟快點進去。

「可、可是……」

「拜託了……我帶你過來之後，馬上就要下班了。」

「啊，是，很抱歉。」

出於對鄭尙醞的歉疚之心，韓常璟立刻快速地踏開步伐。鄭尙醞本來就是一名難對付的人，現在還會用疲倦的臉抱怨著因為鄭尙醞拖拖拉拉而無法下班，這下子他完全沒有問下去的想法。

韓常璟扭扭捏捏地往裡走了幾步，門便輕輕地關上。

外面是以樹枝條製成的普通牆面，但是內部的樣子卻完全不一樣。

韓常璟沿著鋪滿光滑的雪白鵝卵石路，像是被吸引似地走著。這裡有一種像在童話故事書裡看過，宛如尋找祕密花園的感覺，讓他不知不覺就忘卻剛才滿滿的緊張。

水咕嚕咕嚕的沸騰聲正一點一點地接近，韓常環突然有種莫名疲倦的感覺，從溼氣漸漸包覆身軀的樣子來判斷，他似乎快走到路的盡頭了。

他輕輕向下一瞥，地板的材質與裝飾也隨著步伐前進自然而然地產生變化，看來這裡也被設計成與成永堂相似的氛圍。

熟悉的香氣隨著溫暖的熱氣撲鼻而來，韓常環被抱在李鹿懷裡時聞到的香氣就是這個。原來那不是香水，而是沐浴乳啊……

「殿下？」

「進來。」

韓常環短暫的探頭探腦後，李鹿的許可便落了下來，雖然視線因為白濛濛的水蒸氣而變得模糊，但也不到難以區分事物的程度。

因加班而不悅的鄭尚醞方才說過這裡只是大木桶怎樣的話。

可是對韓常環來說，其實這裡是漂亮到用那種詞彙來形容，都會覺得有點可惜的地方。

此處坐落於中央的窗戶就像連花宮的其他建築物一樣，能讓人像在觀賞畫作一樣欣賞窗外風景。也許因為這裡是一個更隱密的空間，還散發著一種神祕的感覺，而會有這樣的感覺，也許是因為這裡瀰漫著如煙霧一般的水蒸氣吧？

此外，寬敞的木質浴缸就像是要把巨大的月亮分成兩半，一旁綢緞屏風上的巨大豪邁牡丹花刺繡，更是為這整潔的空間增添奢華感。

韓常瑮那帶著好奇心的視線四處轉動，最終看向這裡的主人。

李鹿將雙臂交叉放在浴盆的邊緣，望著窗外，雖然從背影無法看清楚，但看他在啜飲某物的模樣，手中似乎是拿著酒瓶。

李鹿的樣子與平時不同，被水浸溼的整齊髮絲，以及凹陷的肌肉線條隱約可見，令人有臉紅心跳的感覺。

「嗯？韓常瑮？」

「啊，是。」

「沒事的，你進來吧。」

喔喔……他說……要我進來……意、意思應該是……要我進去……浴池裡吧？

韓常瑮望了望四周，仔細一看，便看見掛在屏風之上的章服衣袖。

啊……看起來後面是換衣服的所在，但那可是殿下更衣的地方，自己應該不能隨便使用的吧……

雖然韓常瑮知道李鹿並不是那種會計較禮法的人，但是他本人還是不願這麼做，因為不想把自己那又破又舊，只能拿來蔽體的衣服，放在李鹿漂亮的衣服旁邊。

韓常瑮苦惱該如何是好，最終還是小心翼翼地將衣服掛在屏風旁邊的一顆小松樹盆栽上。

「韓常璟？」

「啊，是，我……我現在就、就進去。」

韓常璟急忙地脫下襪子，並走上刻有梨花裝飾的石階。

他將腳伸進水裡，圓圓的波紋便在沉靜的水面上散開，也許是那緩慢的模樣及水的噗通聲響，感覺有點煽情。

韓常璟大力地捏了捏自己的臉頰，告訴自己要振作起精神。

「喔？」

待在窗邊的李鹿就像是在游泳似地靠了過來，他逐漸清晰的溼潤臉龐比想像中的還要特別、好看。

「鄭尙醞沒給你衣服嗎？」

「衣服？」

這時，映入韓常璟眼簾的是，身穿著如蜻蜓翅膀般的透明章服泡在水中的殿下。

韓常璟呆呆地望著李鹿身上緊貼著高聳肩膀與胸肌的衣服，慢了一拍才回過神來，並快速地搖了搖頭。

「沒、沒有，他只有說一直往內走就行了……」

「嗯，不過也沒什麼關係啦。」

在李鹿伸出手催促之下，韓常環連為自己光著身子而感到害羞的時間都沒有，便在他的引導下，小心翼翼地踩著浴池裡的階梯，那溫度適當的水就像海浪般席捲而來，搔弄著身體。

「這裡大概是連花宮內最安靜的地方了吧！」

李鹿撥弄著水面，並將韓常環帶去他剛才欣賞月亮的窗邊。

「因為這裡能夠進出的人只有我和鄭尙醞，所以這裡連名字也沒有。」

甚至連宮人打掃的時候，也要在鄭尙醞的監督之下才能進去，就連在整理那個庭院時，也得通過這扇窗戶才能進出。

「原本在這種地方就得穿那種……那樣的衣服嗎？」

「嗯……至少我得這麼穿，畢竟為了以防萬一嘛！如果是在寢殿，還會有護衛們守著，但在浴室裡卻是毫無戒備的狀態。」

李鹿這個樣子反而看起來更性感，一點也不像是適當的對策……韓常環將這過度謹慎的感想往肚子裡吞，詢問李鹿是否喝了酒，結果李鹿輕輕地笑了。

「看來在你眼裡我是酒鬼呢，但其實不是那樣的。」

李鹿說明「若是在這種地方喝酒會發生大事的」，隨即就指著放在窗邊的水瓶。

「話說回來……你現在心情如何？」

李鹿大大的手將瀏海向後撥，順著溫柔的手部動作，臉上也沾上水氣。

韓常璟不討厭那像是馬上會融化的糖果感覺，也跟著不自覺地笑了。

「剛才在成永堂。」

「是……」

「你有沒有因為我讓你自己離開那裡……而感到難過？」

「沒、沒有！怎麼可能……不可能！」

韓常璟被嚇得大力搖頭，在他的動作之下，李鹿的臉和身體被濺滿水花。

「呃……對不起……」

雖然韓常璟習慣性地說出抱歉，或許是李鹿不想聽，他裝作沒聽見，表示先讓身子暖一暖，就抓著韓常璟的手往更深處走去。

「……真是大事不妙。」

「怎麼了？」

「因為殿下您實在是太寵我了，讓我感覺自己的習慣似乎真的要變差了。」

「什麼？」

李鹿大笑地表示韓常璟「現在還是真的什麼話都說得出來呢」。

浴池明明是用木頭做的，但別說是外面了，就連內部都如白瓷般雪白。

雖然韓常璟不曉得是不是因為如此，窗外的風景就像是被鏡子反射，完完整整地映照在水面上。蕩漾的水面反射出的漆黑天空上方，依稀可見旁邊屏風上的刺繡，巨大的牡丹花就像是星座一樣，正閃閃發光。

「哇，真漂亮……」

韓常瑮不自覺地發出讚嘆，李鹿便淘氣地皺了皺鼻子，並用手指攪動著水面，讓映照在水面上的月牙不停地出現又消失，如花的模樣迅速消失後，看起來似乎也像一隻在游泳的魚。

「除了山月閣之外，這裡是我最珍惜的地方，既安靜，又不會被任何人打擾，同時也算挺安全的。」

啊啊……也許浴池會將裡外照映得如此透徹，就是為了若有人潛藏於此，也能馬上發現。剛才韓常瑮只是不停讚嘆它的美麗與神祕，但看來這裡的設計連安全部分都考慮到了。

「在這裡看的話，所有事物確實能夠看得更清楚。」

李鹿坐在圍繞著浴池內側的長椅上，只靠他的手部動作再加上一聲呼喊，韓常瑮便在他的身邊猶豫不決地坐下來。

和水位高度看起來相當適中的李鹿不同，韓常瑮連脖子也浸在水裡。

其實光看身高數字，韓常瑮並沒有那麼矮小，但只要他站在李鹿身邊，奇怪的是，韓常瑮看起來是又小又矮。

但之前他曾聽說過，殿下的身高並沒有超過兩公尺啊……韓常璟悄悄地偷看著李鹿結實的身材，再摸摸自己乾瘦的手臂，最終的結論是，這似乎是比例的問題。身高高的人不只臉蛋小，肩膀也這麼寬，手腳也如此修長，才會讓人感覺他看起來更巨大吧？

「怎麼了？」

「啊……呃……因為我是第一次泡溫泉。」

韓常璟不能告訴殿下他正在比較殿下的完美身材與自己狼狽不堪的身體，只好做出了這樣的回答。畢竟這也真的是他第一次泡溫泉，至少也不算是說謊。

「這是在浴池內加入藥用泉水來模仿溫泉，有點難稱作是真正的溫泉。以後要不要一起出去泡溫泉呢？那裡雖然有行宮，不過也有像廂房一樣的小私宅。」

「好呀。」

泉水像碳酸汽水一樣噗嚕噗嚕滾動，氣泡在韓常璟的大腿及頸部翻滾著。儘管有點刺痛和搔癢，卻不會讓人感到反感。

「白天我被鄭尚醞和金內官罵了一頓呢，因為我讓你自己想辦法從成永堂出來。」

「真的嗎？」

喔喔……金內官就算了，居然連鄭尚醞也……真是令人意外，看來他只是對自己幫不上李鹿而感到反感，在其他方面，似乎並沒有如此抗拒自己？

萬一真是如此，韓常環似乎能明白李鹿為什麼會相信鄭尚醞了。

鄭尚醞全面以殿下的基準來判斷人事物，除此之外，也不參雜任何一絲的私人感情在裡面。

當然，鄭尚醞的確有對他說一些難聽話，但那些也全都與李鹿有關，況且鄭尚醞也沒有說錯。

「我本來想說，再等一下你還是沒有出來的話，就要去把你帶出來，但他們完全不信呢。」

「哈哈，這樣啊？」

「嗯，但是我覺得你一定能表現得很好。」

李鹿又說，最終韓常環也真的做到了，隨即一邊將手伸向浴池後方並翻找著某個東西，接著傳出某種喀啦喀啦，宛如冰塊被挖開的聲音。

韓常環基於好奇心之下探頭看了看，浴池和窗戶之間有一個以雪山造型的冰櫃，各種茶水飲料坐落在用冰塊堆積的山稜線上，看起來格外可愛。

「而且你真的一個人笑著走出來了，不是嗎？」

當冰冷的礦泉水瓶一碰到韓常環的臉頰，李鹿溫柔地笑了，他用宛如高掛天空的月牙一般完美的笑眼注視著韓常環。

「呃嗯……其實說真的……我當時根本就沒有餘力去想您為什麼不直接帶我走，雖然事先提出要與韓、韓代表見面的人也是我……」

殿下沒有再反問韓常瑮是否真的沒有難過，也沒有應聲，也許是因為早已知道他不會感到難過，又或是覺得就算會難過，也希望這件事情就此帶過……

「您之前有說過，不論您對我感到失望或是生氣，那都是您要自己負責消化的情感，我不需要在意。」

「……我是說過。」

「這點我也一樣。所以……就算殿下不去想那些也沒關係，您不用再為那件事操心也沒關係。」

在韓常瑮離開成永堂之前，他問韓代表的問題，還有趙東製藥的人是如何對待他的……即使現在他仍然沒有足夠的勇氣，能仔仔細細地將一切坦承出來。

這是韓常瑮的內心仍然無法承擔的部分，直到埋藏至心底，即使細細咀嚼也不會覺得怎麼樣的時候……

是不是就能稍微開口了呢？告訴他當時的韓代表真的很壞，還有……

「韓常瑮。」

「是？」

「過來這裡。」

李鹿拍了拍自己的大腿，那薄薄的白色章服隨著他的手部動作，就像民間傳說裡的仙女衣一樣飄動起來。

當韓常環因這近乎裸體的狀態稍感害羞而無法乾脆靠近時，李鹿便抱住韓常環的腰部，讓他坐在自己結實的腿上，從手上滑落的礦泉水瓶也因此漂向了別處。

「啊！殿、殿下！」

「都做過更進一步的事情了，有什麼好害羞的？」

好險因為浮力的關係，所以沒有那種緊貼的感覺，也少了點尷尬，再加上李鹿老是像孩子一樣地潑水，搞得韓常環也沒有時間去在意被脫得精光的身體。

雖然韓常環裝作像是喝進很多水，噗嚕噗嚕地猛搖頭，其實他很感謝李鹿在各方面都裝作不知情的表現。

雖然有時候韓常環也會想要依靠著某人哭泣，但有時候也會希望有人可以將他當作不存在般就此忽略。

而神奇的是，李鹿像是一直能夠看透他的心，在最適當的時機點，以他渴望的方式撼動著自己的心。

不久前他從成永堂出來時哭得像傻瓜，李鹿也當作沒看見。

其實李鹿現在應該也有很多問題想問才對，但卻像這樣輕輕帶過……這對韓常瑮來說，都成了相當適時的安慰。

「對了，我希望你下週週末可以跟我去一趟首爾。」

李鹿玩鬧似地搓弄頭髮之後，又戳了戳韓常瑮臉頰，接著從後方抱住他，並小聲嘀咕著。

「跟您一起……去首爾嗎？」

「對啊，之前不是說過，希望你能在廣惠院接受檢查嗎？就是這件事情。」

李鹿本來是想讓所需人員前來連花宮一趟，但是內部人員擔心，若是廣惠院的人親自出馬，可能會出現一些猜測性的報導。

「而且我今天還用那種方式送走韓代表，我想暫時還是別讓記者們抓到素材會比較好。總之，表面上會說是要進行鼓勵特殊體質檢查的影片拍攝，在我拖延時間的時候，你就去接受檢查，這樣應該就行了。」

「呃……那些人跟鄭尚醞一樣嗎？」

「那些人？誰？」

「廣惠院的人。」

「呃嗯……鄭尚醞……總之他們無法隨便對待我。」

「啊，不是，我不是指這個……我只是在想，他們是您信得過的人嗎？」

「怎麼說？」

「因為我聽說廣惠院也有在使用……趙東製藥的藥，所以會不會……」

韓常瑮會說這句話是出自於擔心，但是當話語一出，卻覺得太過自以為是了。那種事情，殿下應該早就會自行處理了，他算哪根蔥……

「沒什麼，是我亂說話，您不用管……啊！」

「哎呀，你真是太惹人愛了。」

韓常瑮本來還支支吾吾地害怕說錯話，但是李鹿卻用雙手像是要將他的臉扯爆似地緊緊抓住，並輕輕地吻了一下。

「殿、殿下……」

「居然連那種事情都想到了。」

殿下不停地吻向韓常瑮，還說漂亮的他盡挑些惹人喜愛的事情做。

「殿……呃、呃……」

而從嘴唇觸碰的可愛啾啾聲，到變成溼潤的肉體劇烈摩擦的聲響，並沒有花上太長的時間。

「呃、呃嗯……」

只不過是接吻而已，儘管是在短短時間內，就發生無數次的熟悉接吻，但是當柔軟的脣肉相接的同時，韓常瑮就發出了叫聲，彷彿是在向他哭鬧耍賴似的。

「好、舒服，啊……」

「哪裡？這裡？」

「嗯，對，那、那裡……」

這絕對不是韓常瑮早已計畫好的，因為他確實是一名對李鹿所給的快樂會做出真實反應的人。但是……就算如此，這也有點超過，光是接吻和一點點的前戲，身體就會感到如此滿足。

李鹿碰到腿的生殖器雖然也相當腫脹，但是要和韓常瑮彷彿快要爆炸、硬挺勃起的生殖器相比，李鹿的看起來就像根本都沒開始一樣。

韓常瑮緊張僵硬的身體也許是因為慢慢地被熱水溫暖，又或是經歷了今天各種的痛苦，儘管心裡想要阻止自己，卻還是無法停下不斷顫抖的腰和晃動的屁股。

「啊、啊啊，殿……呃、啊！」

李鹿一點也不介意地舔著韓常瑮僵硬的頸側，然後輕輕咬了咬，可能是因為他沉默……不，應該說是享受般的反應，讓韓常瑮不自覺地鬆懈下來。

李鹿就像是按下刺激神經的按鈕，腰部下方開始不停躁動，儘管韓常瑮柔嫩的肌膚感受到了彷彿要留下咬痕的力道，但神奇的是別說是痛了，他只感受到火辣辣的刺激感。

「殿、殿下，啊……」

「所以你有難過嗎？」

一邊「唉唷」叫著，一邊像是安撫小孩似地被輕拍著背部，那尷尬的感覺讓韓常璟的脖子也紅了起來，但李鹿卻一副不以為意的樣子。

李鹿的動作就像是在安慰韓常璟只要這樣依偎在他身旁、跟他接吻，一切就會好起來似的，也讓韓常璟心情逐漸好了起來。

雖然他不曾以這種方式得到過安慰，沒有可以對比的樣本，但這也沒什麼大不了的。殿下並不像趙東製藥的研究員一樣，會對他要求能夠被他們接受的實驗結果或答案。

很快地，桌上黑血直流的光景就像久遠前發生的事，韓常璟已經記不太清楚了，不，應該說是完全遺忘了。那些嘲笑他的嘲諷聲，還有韓代表的每一個動作，以及餐具所發出的冰冷聲響，全都被韓常璟忘得一乾二淨。

如果韓代表看到這副景象，一定又會說他是會輕易發情的身體，放肆地貶低他一番。

但是那樣也無所謂，就算如此那又怎樣？現在支配韓常璟腦海的，只有李鹿所給予的甜蜜和持續的快感罷了。

沒錯，快感……這種程度剛剛好。愛情聽起來太超過，而憐憫卻又令人惶恐，就算殿下有那種心意，韓常璟大概也不敢接受，所以現在這樣的安慰，這樣互相溫存的關係是最棒的了……

「不會碰到其他人，又能讓心情好轉的地方，除了這裡，我真的想不到還有哪裡可以辦到。」

李鹿將韓常環側邊落下來的頭髮撥到耳後，輕輕敲打著腰部凹陷部位的手指就像是催眠曲，也像是在喚醒年幼猛獸的發情期。

韓常環伸出舌頭，並弄溼嘴唇。

好熱，雖然剛才吻到嘴唇都快磨破了，也已經被唾液浸溼，但只是稍微分離一下，這稚嫩的嘴唇又馬上乾燥起來。

「總之，都已經讓你坐上我的大腿，還盡情地吻了你一番，現在才問這個問題，可能有點破壞氣氛……」

李鹿慢慢地說，並帶著溫柔的笑容與凶猛的力氣將韓常環的身體拉近。

「……要做嗎？」

雖然李鹿這番話省略了主詞和賓語，卻不是一個需要附加說明的問句。

韓常環並沒有點頭，取而代之的是輕鬆地用手環住李鹿的脖子，然後坐在李鹿一邊大腿上的身體被用力提起，「唰」的一聲濺起大大的水花。

儘管只是要修正姿勢，但身體還是有一種突然向前傾的感覺，韓常環感覺自己像是被殿下抱在懷裡的橡膠鴨子玩具在水裡漂動著，接著又因為原本的重力而突然前傾。

當韓常環還在懷疑這樣是否會往前撲倒時，李鹿便將他的雙腿打開，然後在兩腿間的空隙中，找到他的身體與大腿的位置。

韓常環摸著李鹿堅若硬石的肩膀苦撐著身體，他好不容易才抓緊肩膀，抬起頭就發現李鹿的臉近到就像剛才準備要吻向他時一樣……不對，眼睛的高度似乎與剛才接吻時稍微有點不同。

也就是說，現在韓常環的腿纏在稍微有點斜坐在浴池內階梯上的李鹿的腰上，不自覺地變成俯視他的狀態。

比起李鹿那像是就要立即探入他的深處而挺拔雄偉的生殖器，以及臀部下方觸碰到的骨盆和恥骨的纖細線條……

韓常環看著的是李鹿稍微抬頭看向他的臉，那角度也神奇得讓人不禁張嘴呆望。帥氣的額頭、鼻梁，從人中到下巴延伸出去的光滑線條都帶著水氣閃閃發光。

「啊，殿……！」

也許這是不被輕易允許的特別姿勢……在韓常環一時恍神之際，殿下巨大的手便貼上他那清瘦的胸膛。

「這……這似乎不是浴池裡的水。」

李鹿一邊戳著韓常瑮那腫脹的乳頭，一邊心懷詭計地說著。

「這麼一看，感覺就像是從你的乳頭裡流出來的耶。」

「怎、怎麼可、啊，呃，啊……！」

李鹿緊捏著整個乳暈的手馬上找到明確的目標，一手掐住突起的胸部，另一隻手則像是搜刮似地掃過突起的肋骨。

雖然李鹿的上半身幾乎不在水中，但因為雙腿泡在水裡，他的腿使不上力氣，不知道該怎麼忍住這突如其來的感覺。

韓常瑮一抱住李鹿的頭，對方對自己的乳頭又咬又吸的力量就變得更大，甚至連接觸到肉體的嘴角還一顫一顫地笑著。

「這……不……呃啊……！」

這不是韓常瑮故意要纏著李鹿，也不是要求李鹿再多吸一點……那是因為侵蝕整個身體的快感太讓他吃力，又沒有地方可以依靠，所以才會麼做的。

韓常瑮雖然覺得有點委屈，但是想訴說的內心卻在反射性地長長呻吟之下成為嗚嗚哽咽聲，最終消失殆盡。

李鹿那尖銳又炙熱的舌尖像是在檢查韓常瑮的乳頭似地掠過，再用唇內細嫩的肉包覆整個乳頭含上。

韓常環在水裡不停地掙扎之下所濺起的水花，讓李鹿終於忍不住地大笑起來。

「啊、嗯……殿、殿下……」

「只不過是吸了幾下乳頭，你就上氣不接下氣了，那接下來該怎麼辦？」

「哈，那、呃嗯，那個……！」

李鹿支撐著韓常環下體的腿稍微又打開了一點，隨著他的動作，韓常環的姿勢也變得稍微有點混亂，驚險依靠著的身體向前大大傾倒，也因為這樣，泡在水裡的屁股也被提起了一半。

李鹿原本輕撫著腰際間的大手輕輕抓住那稍微露出的柔軟嫩肉，他先像是大力搓揉，掌心再像是要享受觸感一般緩慢地動作著。

在李鹿好似刻意調戲的手技之下，韓常環的肩膀一直不自覺地往內縮。

與此同時，李鹿依然吸吮著韓常環的胸口，一邊低語又不時皺起帥氣的眉毛，像是感受著些許的滿足。

就如同韓常環難以忍受的感覺一樣，那也是李鹿正專注於自己身體的證據。

「呼、啊、啊啊……！」

李鹿將手伸向了浴池上方的某處，在「哐」的一聲，某個東西被按下的聲響之下，水面便開始大幅度地波動起來。

水似乎正在一點一點地流掉，韓常瑮這時才想起來，這裡並不是床鋪或墊褥，同時也想起不論在哪裡或是用什麼姿勢，要將李鹿的那個插入自己的身體，並不是一件容易的事。

所以現在是要移動場地囉？

牡丹屏風後方，的確有休息用的椅子。韓常瑮想，如果是那張椅子，就算沒辦法完全躺下，應該還能夠斜躺著半身吧？

從李鹿的視線也往那個方向看去判斷，他似乎也決定要在那裡展開接下來的發展，嗯……既然如此，在那之前……

「殿……下、我……我有想、想做的……」

韓常瑮試著鼓起勇氣。

「直接射也沒關係。」

「啊，呃嗯，不是，不是那件事……我、我想、我想吸……」

「嗯？」

在韓常瑮的嗓音吐出讓對話者本人而言相當陌生的單字組合，他緊埋在韓常瑮胸口的帥氣臉龐這才抬起頭。

之前韓常瑮都沒發現，李鹿用手不停搓揉、以及用嘴巴吸吮的乳頭，各自腫脹成不同的形態，看起來連發紅的程度也不太一樣。

韓常璟光是確認身上看見的身體變化，就讓下腹附近開始騷動起來。

他因暫時的興奮而喘息著，卻又擔心李鹿突然改變心意，會再次執著於自己的胸部，於是便輕輕挪動身體緩緩退開，支支吾吾地開口。

「我想……吸，殿下的……老二……」

「……喔？」

李鹿那溼得一塌糊塗的臉就像是被潑了冰水一般僵硬起來。

「什麼？」

「您、您不是說過……若有任何想做的，就不要隱瞞，直接……說出來嗎？」

浴池的水「唰」地捲起漩渦，搔動韓常璟小腿的水面瞬間退到腳踝，雖然不知道這是用什麼方式設計，不過水很快就能裝滿，也能很快地排出。

「我、我也想……安慰殿、下……」

韓常璟的聲音就像是被用橡皮擦快速擦過般減弱，能輕易藏起身體的水很快就退到岌岌可危的水位。

沒了熱水，韓常璟很快就感覺到身體的溫度冷卻，他努力平復氣息。只不過是一句話，他卻需要如此巨大的勇氣才能說出。

「安慰……」

韓常環仔細盯著李鹿那厚實的大腿，以及那彷彿用雕刻刀細膩刻畫的肌肉，還有任誰看了都會激起肉欲的結實身材。

當然，韓常環也沒有忘記他的身分，他可說是非常小心翼翼地張望。

「安慰啊……」

李鹿莫名地從韓常環恭順的態度中感覺到一絲放肆無禮，似乎覺得有點有趣。

「對，因為殿下您看起來……似乎也非常難過……」

雖然無法得知不停地反覆嘀咕同樣一句話的殿下是不是心情不好……但至少對韓常環而言，那是一種安慰的舉動，所以他才會說出了這樣的話。

炙熱的體溫相疊時所感受到的酥麻刺激，以及不論之前發生什麼事，都能掃光一切的不愉快，讓人飄飄欲仙的快樂……如果可以的話，韓常環也想給予李鹿這樣的禮物。

「所以我希望您可以讓、讓我吸，不對，應該說一定要讓我吸，因、因為……」

「因為？」

李鹿那反問的嗓音之中，透露出「就看看你能放肆到什麼地步」似的笑意，讓他這句反問更是充滿傲氣。

韓常環緊緊握住拳頭，並再次鼓起勇氣。

不久前，在韓代表面前轉身而去的人正是他，今天可是將長久以來埋藏在心底的疑問稍稍揭了開來。

他現在已經成為一名沒有不能說的話，也沒有不能做的事的大膽之人了。

「我……我沒有錢。」

「……嗯？」

也許是因為韓常璟說出的結論並不是他所期待的，李鹿在一陣破音之後，再次開口問了一遍。

「你說什麼？」

「我能給您的禮物，最多也只是在打掃的途中摘朵漂亮的花或葉子……」

而且現在他還受到李鹿的命令，每天只能在廂房裡做相似的事，所以現在連出外打掃都不行了。

另外就是，嚴格來說，韓常璟能撿的花草，都是生長在宮中花園或庭園的東西，那些原本算是李鹿的東西吧？

「等等，你為什麼沒有錢？你入宮之後，每個月應該都有收到輔助金吧？那不是連花宮的預算，是從我的個人資產裡面定期支付的。」

「啊，這……這個嘛……」

韓常璟支支吾吾地吞下答覆。

其實韓常璟也知道，包含李韓碩在內，所有為了服侍李韓碩而一起入宮的趙東製藥的人，每個月都會收到輔助金。

雖然說是輔助金或零用錢，但數字並不小，況且那算是李鹿以私人費用支付的品味維持費用。

還有，雖然這有些理所當然，但韓常璟的確連一分一毫都沒有拿到。

不，不光是連花宮所給予的補助金，他的手裡並未擁有他能隨心所欲花費的錢財。他有以自己的名義所開設的戶頭或卡片嗎？但韓常璟從未去過銀行，所以也無從得知。

「沒……沒什麼，是我多問了。總之，所以呢？」

也許是因為韓常璟含糊不清的回應讓李鹿猜到了什麼，他便不再多追問，而是轉移話題。

「喔……所以……雖然我手上什麼也沒有，但是我常常在想，我也想送您一些好東西，可是現在連花朵樹葉都不能撿了，嗯……若您允許的話，我想讓您感受到愉悅的心情……」

韓常璟的臉頰像是抹上胭脂，整個紅了起來。

他因害羞而搓弄著腳的時候，在腳踝附近驚險蕩漾的水就會輕輕地濺起，然後在水面上形成小小的圓。

「因為我像這樣跟您觸碰在一起的時候，都會覺得心情很好。」

「一直有一種……受到安慰的感覺……」

李鹿炙熱的目光灑向韓常環低下的頭與裸露的脖子，雖然在李鹿開口允許之前，韓常環原本想裝作不知情，但對方的視線實在刺激得無法抵擋，他便輕輕地抬起頭。

李鹿往下盯著韓常環的清澈眼眸中，映照出他仰望著自己的模樣，也看得見浸泡兩人身體的巨大浴池。

韓常環在只能僅僅移動視線的狀態下，看見了李鹿斜眼瞥人的銳利眼神以及被他踢腳動作濺起的水花，當透明的泡泡咕嚕咕嚕地反覆浮現又消失，他眼眸深處的情感也一點一點地沉靜下來。

李鹿就這樣看著韓常環，並在浴池上摸索一番後，按下按鈕。就像剛才排水的時候一樣，響起沉重的聲音，若是韓常環從李鹿身上下來，現在的水位就會正好停在他的腳踝高度位子。

浴池不會再填滿、也不會再排水，更不會再冒泡，水龍頭發出的「滴答」落水聲，長到好似永恆，交纏的視線看向的不是映照在水面上的事物，而是對方的臉，而韓常環也明白到溫柔的殿下這次似乎也打算答應自己的請求。

「呃、唔、唔唔……」

韓常璟說要讓對方愉悅，這是他唯一能給的禮物。

話雖然說得很大，但韓常璟僅是含著李鹿的生殖器就非常地吃力，忍不住發出痛苦的叫聲。

不論韓常璟將嘴巴張得再怎麼大，依然無法將那巨大的柱體全部吞進去，就算如此，他還是得做點什麼才行……

韓常璟那想盡辦法嘗試的樣子，對李鹿而言確實很可愛。韓常璟為了不咬到或是刮到自己，只能用嘴巴內側的嫩肉吸吮他的生殖器的模樣也令人感到討喜，不過這也僅此而已。

李鹿打從一開始就沒有對韓常璟抱持著太大的期待。

雖然爽快地說出想說的話、並忠誠於欲望的韓常璟非常惹人喜愛，那下垂的眼神和顫抖的聲音也非常色情……但就算氣氛使然也是有限度的，李鹿可不覺得韓常璟有辦法吸吮自己的生殖器。

其實李鹿打算在韓常璟經歷一番苦戰之後，最終放棄時給予安慰與鼓勵。

如果他說當作是要示範，而吸吮對方的生殖器並讓他射精，最後再喝下精液的話，韓常璟應該會馬上昏厥吧？

李鹿想著他撐著浴池，並從後面插入。或是像一隻無尾熊緊緊抱住自己的身體，並站著插入，會是什麼感覺？若以想掏空累積在裡面的精液為由，而用手指玩弄，他搞不好會被接二連三的高潮弄到搖頭喘氣。

李鹿一直在想像著這個淫蕩的畫面，一邊觀察著時機……令人驚訝的是，李鹿的生殖器在韓常環生疏的愛撫之下，也踏實地在韓常環的嘴裡逐漸壯大。

他想，也許是因為這個視角的刺激非常大吧？

當李鹿一坐上階梯，韓常環便慢慢地走下，並將膝蓋跪在地上，然後再用小小的手，小心翼翼地放在李鹿的大腿上。當然，這只是與他壯大的身體相比的落差，韓常環的身體並沒有如此纖細……

「我、我要開始囉？」

韓常環的語氣聽起來既不是告知、也不是詢問，讓李鹿聽來感覺有些怪異，差點笑出來。也許是因為與跪在下方的人相比，他的身體實在太高了，韓常環只能伸長腰將頭埋進李鹿的鼠蹊部。他的膝蓋因為地上積水一直打滑，便將身體擺成像是半躺的姿勢。

李鹿瞇起了眼睛，將頭稍稍往後靠，而在這一刻，他居然不自覺地感受到稍微有點危險的信號。

總之，韓常環自然擺弄出來的姿勢從視覺上來看非常危險，突起的脊椎、腰，還有為了防止跌倒而大大張開的雙腿以及翹起的屁股……有點，不對，應該說非常困擾人心。

韓常瑮明明就很清瘦，但只有像是屁股之類的部位……總之就是自己能用手抓住，又或是晃動腰部時所擠壓的部位有點肉，這一看，他就覺得十分不可思議。

韓常瑮也不是刻意為之，而是他傻傻的行動所透露出的情色模樣，一直讓李鹿起了壞心思，想好好欺負眼前這名令他喜愛的人。

不過現在的場地非常地不好，這間浴室為了讓入侵者無處可躲，特地做成讓人能輕易將一切盡收眼底的設計。

當韓常瑮在吸吮他的生殖器時不停收縮的小洞、顏色柔嫩又柔軟的會陰部和漸漸鼓起的生殖器，以及圓滾滾的陰囊……全都赤裸裸地照映在淺淺的水面、以及被努力打造的白色浴池之上。

如果水再多一點的話，就不會看得這麼明顯了，李鹿剛才是以為他們馬上就要開始纏綿，才會按下排水鈕……

「韓常瑮。」

李鹿喊出那正在生疏苦戰中的名字，韓常瑮便用溼潤的清澈眼眸焦躁地看向他。那個說著想吸吮他的生殖器的表情是如此地純真又生澀，但已經品嘗過幾次生殖器的小洞卻早已溼透，並淫蕩地反覆收縮著。

「用用看嘴巴內側。」

李鹿看來像是被這反差的景象所吸引，突然開口說道。

「用龜頭緊壓舌根，沒錯，把舌尖貼在下方牙齒後面……嗯，沒錯，這樣喉嚨就會有變緊的感覺。」

韓常璟想著到底是不是這麼做，輕輕地歪著頭，接著唾液長長地流下，就像舔著酸甜酸甜的糖果似的，發出溼潤的「啾唔」聲。

那是一種與韓常璟很相像的音效，既可愛又色情。

「唔、呃……」

韓常璟小小聲地輕咳，並眨起一邊的眼睛，雖然在李鹿親切的說明下，他也很努力地集中精神，但要依照指示按壓舌頭，似乎不是那麼的容易。

儘管知道那對韓常璟並不容易，但李鹿還是下達指示。

其實也沒有什麼了不起的理由，只是覺得眼前的韓常璟的所作所為很可愛罷了。

李鹿仔細傾聽韓常璟的聲音，看著他尾椎附近的肌肉顫抖著，還有他像觸電一般輕輕彈起後背時，映照在水面上的圓潤屁股，以及溼得光亮的會陰部動作起來的樣子都很可愛，可愛到讓人覺得想對他那圓鼓鼓的臉蛋又咬又吸。

對李鹿而言，那是理所當然的行為……

「嗯，很好。」

李鹿發出聲音，並努力不笑出來，為韓常瓌努力吸吮他的生殖器而加油著。

如果被韓常瓌聽到可能會覺得鬱悶，但比起指示對方如何動作，李鹿更喜歡自己動作。若要拿其他事情來比喻，打獵應該是最接近的形容了。他努力地搜索，並將獵物逼向他所願之處，再依照他的意思誘導，最終讓對方逃不出他的懷裡時，便會感到最大的喜悅。

而且說真的……至今為止，從來沒有人能夠光只用嘴巴就讓他達到高潮。因為口交這個行為在視覺上給予的刺激並不差，所以才會讓對方放手去做。但他更討厭的是對方為了吸吮他的生殖器而弄傷嘴巴，搞得最後連接吻都接不成。

所以當韓常瓌紅著臉對他的生殖器做盡各種努力的時候，很令人抱歉的是，李鹿也只覺得韓常瓌的表情和話語很色情罷了。打從一開始，李鹿就沒有期待這行為會為他帶來任何愉悅。

呃嗯……對於韓常瓌這既可愛又色情，想做盡一切取悅他的小小觀察，似乎到此也算足夠了，所以李鹿打算阻止他，表示接下來的一切交給自己就好。

「那個……韓常瓌。」

要是讓他躺在浴池裡，皮膚的各處應該都會擦傷吧？既然這樣該在哪裡做好呢？李鹿像在物色最佳地點似地觀察著浴室內部，頭卻像臨時故障般地突然停頓下來。

「呼，呃唔……」

韓常瑮微弱的鼻息和低吟的呻吟聲，朝李鹿敏感的部位落下。與此同時，與下方的內壁相比，還要更黏膩柔軟的肉正反覆吸吐他的前端。

這時李鹿恍然大悟，那是與之前截然不同的動作。

「呃，是……這樣……做的吧？」

在韓常瑮解釋剛才那究竟是怎麼回事後，依然感到頭昏腦脹。

韓常瑮仰望李鹿並溫柔地笑了，他的嘴裡仍然含著半個生殖器，並用發音不正確的片斷字句說著。

「韓常……瑮……」

李鹿試圖勸阻韓常瑮的聲音在中間就突然斷掉了，原本認為不可能出現的快感迅速湧現。

韓常瑮將舌頭捲起，並在確保柱體能夠輕鬆移動的位子後，便開始前後晃動頭部，吞下生殖器最粗大的部分，緊縮的喉嚨顫動並大口吞下口水時，口腔內側的軟肉便溫柔地包覆住硬挺的生殖器。

「哈……」

李鹿心想著，這怎麼可能？

本來想苦笑的他卻因為出乎意料的刺激而興奮地喘息著。

李鹿伸出手，並且輕輕地搔了搔水氣快要全乾的瀏海。不是因為他還期望著更多的刺激，只是想轉換一下氣氛。

但韓常璟或許是將李鹿的喘息與手部動作解讀成要他再更刺激一點，所以現在直接緊閉雙眼，努力將精神專注於正在進行的行為上。

「呼、殿、下……我……」

在不自覺的腰部擺動之下，也許是生殖器插得太深入，讓韓常璟忍不住稍微將頭往後退乾咳了幾聲。

「啊，對不起，我……」

怎麼回事……這下李鹿可覺得有點混亂了，直到剛才，明明都還在專注欣賞將頭埋在自己下面的韓常璟，甚至還覺得他做起來一定會很生疏，所以打算乾脆好好欣賞那漂亮的樣貌。他原本明明是抱持著這種厚顏無恥的想法……結果現在卻不自覺地興奮且認真起來了。

「沒關係，我現在好像知道……該怎麼辦了。」

韓常璟用手背抹去沿著嘴角流下來的口水，並燦爛地笑了。

「等等。」

也許是韓常璟沒聽見李鹿的制止聲，他將嘴打開到適合接吻的大小。而當他再次含住龜頭，以口齒不清的可愛發音說著「但是殿下的老二實在是太大了，接下來可能就很難含進去了」，搔動著李鹿的耳邊。

「……唔，呃？」

當李鹿為了改變姿勢而動了身體，韓常瞟便像是疑惑似地皺起眉頭。

李鹿伸出腳輕敲韓常瞟稍微腫脹的生殖器時，他便嚇得搖著頭。

「你不喜歡這樣嗎？那就像之前那樣躺在我身上也行。」

「呃、呼呃……」

對於這樣的行為，韓常瞟似乎沒有感到抗拒……他有時反而會很自然地說出令人驚訝的大膽言論。

這該怎麼說才好呢……韓常瞟似乎是想隱藏自己的快樂，感覺就像是在擔心他是否真的能享受這種美好？是否真能將如此赤裸的自己展現出來……因為這樣的憂慮，總讓他在事情展開之前，抱持著好長一段時間的猶豫。

「你今天不是說過，要安慰我嗎？」

「所以啊，你可以做盡任何你想做的事，若能如此，那對我來說就真的是安慰了。」

李鹿用指尖慢慢地揉弄著韓常瞟的生殖器。

那句話是李鹿故意說的，他知道如果說出安慰一詞，韓常瞟一定會連反駁也不反駁，就乖乖聽從他的意思。

只因為他不像韓常瞟所想的那樣，是個既溫柔又善良的人，而且也希望韓常瞟可以早點意識到這一點，這樣在發生關係的時候，他才能再稍微放肆一點。

李鹿為了不弄痛他，張得開開的鼠蹊部內側似乎在微微顫抖，而韓常瑮像是不知道該如何是好，只是將李鹿的生殖器含在嘴裡發慌，然後又像是下定決心似的，悄悄地將一隻手往後伸。

「呃唔、呃、嗯……」

就像是從剛才開始就一直很想這麼做似地，急忙地用食指和無名指將洞口稍微撐開，再慢慢將中指插入自己的洞內。

「哈、呃！」

韓常瑮小心翼翼地專注在行為上也不過短短的時間。

還含在嘴裡的生殖器卻突然開始膨脹到像是要撕裂一切似的，讓他忍不住有些慌張。

李鹿不停轉動著半開的雙眼，內心想著，想抗議的是他這邊才對吧？雖然叫韓常瑮隨便想做什麼就做什麼……但就算是那樣，難道他認為突然展現出自行抽插身後的畫面後，李鹿還能按耐得住嗎？

「你後面就覺得這麼空虛？」

韓常瑮乖乖地點了點頭，可能是因為尷尬，別說是他那圓鼓鼓的臉頰了，就連垂下的眼角也整個紅起來。

「那要直接插入嗎？」

原本還以為他會有點猶豫，結果韓常瑮便搖著頭表示不要，然後再用舌面包覆整個龜頭，大大地舔弄起來。

韓常瑮之前好像也給過他這樣的刺激，一瞬間湧現出來的射精感令人感到慌張。

李鹿以不會弄痛對方的力道抓起韓常瑮的頭髮輕輕撫弄，但是在韓常瑮那宛如貓咪豎起身子的舌尖耐心舔弄龜頭下方的同時，他將三隻手指頭全部推向洞內的畫面也映入眼簾。

不久前，用嘴巴含住生殖器的行為對韓常瑮來說都還如此陌生，但那纖細的手指卻非常熟練地打開溼潤的祕密部位，隨著手指抽插的動作，黏稠的水便沿著手指頭啪啪流下……

「呼……」

李鹿便在束手無策的狀況下射了精。

「韓常瑮……」

李鹿那從裡沸騰至外的興奮嗓音令人感到陌生。

「殿下……」

韓常瑮擦著噴濺到臉上和睫毛上的精液，害羞地笑了，雖然因為緊握柱體的手也沾滿精液，擦起來其實沒什麼用。

「那個……現在……呃呃！」

水花隨著李鹿的大步走來而濺起，他的腦海裡已經變得無法思考，根本就沒有餘力去計算自己的動作。

李鹿抓著韓常瑮的手腕並抱住他，而當他回過神的時候，發現自己正大力地抓著韓常瑮那撐著浴池的屁股，像是要將其扒成兩半似地左右扒開。

「等、等等……殿下，我……」

「雖然平常既可愛又膽小的你也很棒……」

「殿下，啊，呃，啊啊！」

「但是你知道嗎？你那不像話的意外舉動，真的會讓人瘋狂。」

正當李鹿像是刺穿身體似地一次插入，韓常瑮的腰便大大地晃動起來，身體線條和曲線所給予的微妙晃動實在是太棒了，還有豐滿的臀肉一邊收縮，一邊拉扯自己生殖器的感覺也很棒……

李鹿又在暫時恍神後，像是嗑藥似地大力抬起腰部，一直到意識再繼續下去韓常瑮的身體可能會壞光光的瞬間，他才好不容易清醒過來。

第一次發生關係時，他像緊張的笨蛋一樣，在毫無預警的狀況之下就射在韓常瑮稚嫩的臉上；而剛才還在那嘀咕說自己在這種事情上喜歡當主動的一方，結果現在卻被對方弄到射出來，也很令人無言，真是的，到底誰是獵物，誰是獵人啊……

李鹿的羞恥感演變為激烈的行動，瞬間變質成深深的插入，他很想馬上將韓常璟帶到與他相同高度的頂峰……無意間，強忍欲望的李鹿笑了出來，想到不久前還老神在在觀察著韓常璟的狀態，彷彿就像謊言一樣。

「呃、啊啊，殿、殿下……我、會、會痛……」

「……呃，很痛嗎？」

「雖然沒有很痛，但是……」

非要等聽到了韓常璟喊痛才停了下來，李鹿慢半拍地退開身體，並估算著自己的生殖器到底插得有多進去。

「呃……真是驚險。」

李鹿知道韓常璟並沒有別的意圖，畢竟之前也約好以後不能再說謊了。

甚至李鹿也對韓常璟說過，如果想安慰自己的話，那就隨韓常璟的意思擺動身體，所以他當然會依照指示，直接做出反應，如果他是故意要表現得很淫蕩，應該不會展現出這樣的樣貌。

這些李鹿都知道，但知道是知道……

「……韓常璟，我……」

「殿下，這、這麼做的話……」

李鹿稍微回過神，他本來是想向韓常瑮道歉的，明明原本是這麼打算的……

「嗯，這樣的話……可能……會出來一點，呃、啊……」

李鹿不知道這個既囂張又色情的身體主人究竟會如何動作，只見韓常瑮就像是在戲水似地晃動幾次那纖細的腿，然後在浴池階梯內側踮起腳尖，然後將身體趴得低低的。

「哈呃、呃……」

眼見韓常瑮的腰部隨之自然地翹起來，他便開始一點一點地上下擺動屁股，纖細的背脊勾勒出的流利線條也慢慢地上下浮動，那凶狠脹大的生殖器，就像是在尋找洞裡能不弄痛對方的角度。

當然，韓常瑮的動作相當緩慢，甚至這是比用嘴巴含住生殖器還要生疏的動作，不過這樣的生疏令人感到更加興奮。

李鹿慢慢地閉上眼後又張開眼，本來他是想忍住的，但是只要一看到韓常瑮在他的視線中晃動，就反而有種剩下的耐心全被消耗殆盡的感覺，好想做……

好想再插得大力一點，但是這樣真的沒問題嗎？至今為止，自己可曾像這樣如此渴望過某人嗎？

「啊……現、現在好像、還好了。」

在韓常瑮轉過頭時，對自己喊出的那聲殿下，讓李鹿感受到滿滿的滿足感，感覺就像是在說既然已經做好適當的措施，現在可以盡情抽插了。

「……韓常環。」

「是？」

「我……我對你，真的……」

「殿下，我現在……啊，呃、呃呃……！」

李鹿緊緊地抓住韓常環的骨盆，並將生殖器大力插入，那站得直挺的大腿肌肉顫抖了起來，充血的小腿與腳踝就像熟透的果實散發著紅光，而腳尖也緊繃得發白。

結實的柱體大力撥弄著裡面時，軟呼呼的屁股就像顆飽滿的布丁一樣隨之顫抖，感覺只要手用力一抓就會直接支離破碎。

但是當真的肆意地抓起，便發現扒開之後，那柔軟到宛如奶油的臀肉就會纏進手指之間，而在那一點皺紋都沒有的隱密之處，則是不停地流出黏膩的清澈液體，甚至多到可用氾濫來形容，他的身體真的就像上述形容的，是一個會令人想盡情品嘗的身體。

「呃嗯……」

韓常環不停搖晃的纖細脖子被危險地反覆抬起放下，要這樣直接抱住他嗎？還是從後面將他拉進懷裡後，再咬得他滿身痕跡呢？不不不，要是靠得更近，他那纖弱的身軀，可能真的會壞掉。

李鹿努力壓抑的氣息落在晃動的身體之上，充滿欲望的氣息也許是觸碰到了韓常瑮，只見他就像是一名觸電的人，輕聳了幾次纖弱的肩膀。

韓常瑮的雪白身體像是滿布著凝結的水滴，緊咬著的下唇終究被咬破了，而李鹿變得混濁的眼眸深處，早已被燒到焦黑。

「啊、啊，殿、殿下，啊啊！」

在李鹿斷斷續續地插入時，韓常瑮隱約夾帶哭聲的呻吟，就會隨著拍子出現，而柱體絲滑地滑入內壁時所發出的「啪啪」摩擦聲，也在耳邊打響。

「啊……」

「哈……會痛嗎？」

「不，不會……不是那樣……的……」

「那是？」

「這、這……哈啊……啊啊！」

在經歷過幾次的經驗，李鹿的感受是這樣的。

韓常瑮會在把氣氛弄得更興奮之後，再說一些不著邊際的話，讓那股興奮的氛圍消失。

當然，他並不是刻意的。在那之後，高昂的興奮感會無力地消失，接著又反覆著多少有點沒意義的話語和行為。每當興奮感消失的瞬間，韓常瑮又會再次以難以預測的言語或行動，把人搞得心急如焚。

感覺就像是在嘲笑不久之前老神在在的自己，將李鹿至今為止所感受到的情感，以及他內心深處的本能全都掏出來。

李鹿想著，他如果不吃特殊體質抑制劑又碰上發情期，是不是會有像現在這樣的感覺？努力克制刻進骨子裡的本能，若是一旦解開韁繩放飛自我的話，他似乎就會變成這種狀態，那將會是沒有任何秩序，但是身體卻舒服到快發瘋的狀態……

「呃啊、啊……！」

也許是韓常璟再也無法忍受，他的身子開始癱軟。雖然韓常璟看起來精力散失，但是收縮生殖器的力量確實更為加強了。

「呃、呃呃……」

隨著韓常璟焦躁的呼吸，他圓圓翹起的屁股也顫抖著，不知不覺，他張開的雙腿間正流著稀薄的精液。

「韓常璟。」

「是、是……」

「這麼快就射了？」

「呃嗯……這……」

韓常瑮慢慢搖著頭，硬挺的乳頭觸碰到撐著浴池的手背時嚇了一跳，舌頭像是感到可惜似地伸出並舔了舔嘴唇，又像是在斥責帶有淫亂思想的自己而顫抖著下巴，最後默默地挺起腰部。

「殿下……您還好嗎？」

「我哪有什麼不好的？你應該很累吧？就先到此為止，我們出去吧？」

「啊，我……」

韓常瑮一直踮著腳，腿可能會感到不適，可惜的是，當生殖器一退出去，內部就大力地顫動起來。

至今為止，李鹿雖然不曾對自己的尺寸感到不滿，但是現在卻想著，若他的尺寸可以像其他人一樣的話，那會怎麼樣呢？

當然，像現在這樣，對方無法承受他的尺寸也不錯，但同時又想著，如果能將生殖器完全插入這魅惑的洞裡，又會是什麼樣的感覺？如果那如棉花糖般綿密的肉能緊緊壓住他的骨盆，又是什麼感覺？李鹿還挺好奇若是那樣做，韓常瑮會露出什麼表情。

「嗯，畢竟這裡……確實太滑了，會有危險。」

在李鹿那句先離開浴池的提議之下，韓常瑮點了點頭，那是一張不論自己說了什麼，他都會答應似的傻臉。

李鹿扶著堅硬的木坎，並在往外移動後向韓常環伸出手。韓常環便毫不猶豫地落入他的懷裡。

韓常環看起來一點精神都沒有，李鹿「嘿咻」一聲，像是抱孩子一樣抱起他，韓常環這才有點害羞地垂下頭。

「那個，殿下……」

「嗯？」

「去、去裡面的話……不，這樣才……」

「我聽不清楚，你說要去裡面？」

當李鹿指向淋浴間時，韓常環點了點頭。

「為什麼？」

韓常環應該不清楚屏風後面有可以休息的空間，只要一拉開附近的拉門，就會看見一個簡單的化妝間。

總之，李鹿都打算要讓韓常環躺下或是坐著了。韓常環一定是因為不知道浴室裡面有什麼才會那麼說。不然李鹿還真的不清楚，到底有怎樣的理由一定要去淋浴間。

雖然一般來說，一定都會這麼覺得，但一想到韓常環總是會有出乎意料的舉動，李鹿還是無法掉以輕心。

「就算這裡的磁磚有地暖，但躺在地板上，辛苦的只會是你的身體。」

「不、不是那樣啦……」

「不是？」

「我是因為覺得害羞……」

韓常璟瞥了瞥月光撒落的巨大窗戶，然後低下了頭。

「因為這裡看得見窗外風景，讓我一直……」

「外面又沒有人，這地方不論是誰都進不來，而且這裡還有設置防狗仔系統。」

李鹿表示就算直接越過窗戶出去外面盡情地做，也不會有任何人看見，但韓常璟卻嚇得直搖頭。

「不、不了，那種事……我還是……」

「我是認真的耶，就算在外面做也無所謂。」

當李鹿又說「在外做愛也有另一種刺激與美妙」時，韓常璟就擺著一副快哭的臉，撲到李鹿的懷裡。

「怎麼可以……在外面做那種事……這我……我真的很害羞，不、不可以……」

其實李鹿也沒有這種嗜好。在外面做愛？這地方可是極其嚴格的宮內，而自己的身分是李皇子，無論是個人的喜好或必須遵守的君子之道，都不會考慮這種行為。

「您、您不喜歡其他的嗎？」

不過李鹿看到用被水泡得腫脹的手焦急地哀求他的韓常瑮，就起了捉弄的心。

「嗯……這個嘛……」

「我除了在外面做之外……其他的……應該都可以……」

那仰望著自己的眼眸隱約夾帶著水氣，稚嫩的身體隨著主人焦急的喘息慢慢晃動著，也許是剛才的插入令他非常吃力，韓常瑮到現在依然氣喘吁吁。

「真的全都可以？」

「是……真的可以……」

「既然如此……」

李鹿低下頭並壓低嗓門，在韓常瑮的耳邊輕輕訴說著自己內心所期望的幻想，韓常瑮便皺起一邊的眉頭並縮起脖子。

「……真的那樣就行了嗎？」

「沒錯。」

韓常瑮慢慢地上下搖晃著那純真的臉龐，依照李鹿的指示行動。

「啊，我還有一個願望。」

「什麼願望？」

「在做的時候，不可以說討厭我。」

「啊……」

「不能推說自己再也做不下去了，不能因為覺得尷尬就不看著我。」

李鹿剛才明明就說只要追加一個願望，現在卻貪心地將他想說的全說出來，儘管如此，韓常瑮還是接受一切，表示沒有問題。

「你應該要問我，願望不是只有一個嗎？你怎麼可以什麼都答應啦！」

李鹿輕輕戳著韓常瑮那散發著粉色的臉頰，韓常瑮便像是感到害羞似的輕輕地笑了，甚至不知道眼前的人即將對他做些什麼。

「像這樣靠著……就行了嗎？」

「嗯。」

牡丹花屏風後面的長桌上，兩人溼漉漉的身體交疊著，李鹿從背後抱著韓常瑮。

兩人的動作就只是這樣而已，雖然韓常瑮張開的雙腿正尷尬地跨在李鹿的大腿上。不過以這種程度來說……嗯，反正殿下在他的身後，而到剛才之前，他連自己那不停顫動的小洞也看過了，其實現在這樣也不算是需要感到特別尷尬的姿勢。

「接下來呢？」

殿下以耳垂下方的一吻，代替了回答，可愛的「啾啾」聲在耳邊響起，使得韓常環也不自覺地笑出來。但是當李鹿輕咬著耳廓，並用炙熱的舌頭開始沿著線條舔舐著耳內時，身體就因為與搔癢不同的感覺而顫動起來。

「殿、殿下……」

「嗯？」

「真的，只要，這樣……待……著，就……可、可以了嗎？」

「嗯，你只要這樣待著就行了。」

「為什麼、不……呵、啊、啊……！」

只不過是沒有插入罷了，但李鹿掃蕩韓常環身體各處的行為還是一如既往，不，也不曉得是不是因為韓常環的後面感到空虛，這不安分的喜悅讓人感到更加吃力。

大手不停地搓揉挺得尖尖的乳頭，輕輕從胸口開始撫摸至腹部、張開的鼠蹊部或大腿……韓常環心裡想要的就只有一個，那就是希望殿下可以停下一切愛撫，趕快插入他的體內，就像剛才那樣，像是要將身體剖半似的大力抽插，擺動身體……

「啊，嗯，殿……下，啊……」

當韓常瑮因渴望而顫動著腰部時，李鹿便像是在指責似地抓起他張開的大腿內側，就如同要在白色雪山上留下手印一般大力搓揉，而韓常瑮的臀部便會隨著呼吸聲小小晃動。

李鹿一副無可奈何似地微笑，卻不對眼前的景象做出任何處置。儘管韓常瑮可以在背部和尾椎的某處，感受到那如凶器般壓迫著他的腫脹生殖器，但是殿下依舊表現得一副就算不插入也無所謂的狡猾模樣。

「……我剛才看著你的時候，就突然有了想要嘗試的事情。」

「咦?那、那是，啊啊!」

「我變得很想嘗試看看，插進你的最深處……」

「呃呃、呃、呃嗯……!」

李鹿從肋骨一路橫掃至肚臍的手輕柔地包覆起了勃起後上下晃動的生殖器，光是這樣的動作，就讓韓常瑮的龜頭末端開始積起清澈的液體，若是現在就這樣繼續下去，那絕對很快就會射精了。

「呃，啊……殿、下……」

「但是如果真那麼做，你可能會受重傷。」

光是幾次撫弄柱體的慢動作，就讓韓常瑮感到十分費力。彷彿是射精前的觸電感，現在就已經開始從腳趾間反覆竄起，這不是他在開玩笑，而是韓常瑮真的來到極限。

「不過我想，如果你把我的生殖器夾在你的雙腿之間，做出類似抽插時的動作……應該會有稍微相似的感覺吧？」

韓常瑮將快要無力下垂的身體緊緊地靠在李鹿的胸膛上，然後細細咀嚼著他剛才所說的話，似乎能明白他所說的是什麼樣的體位，雖然不知道不插入還能不能稱作是做愛……但總之……

不論是面對面做，又或是像剛才那樣讓他看著做，自己只要緊緊貼住雙腿就行了，而李鹿會在他的雙腿之間進行抽插的動作……

「但是為什麼……」

如果想嘗試那種體位，那現在馬上嘗試不就行了嗎？為什麼要用這種姿勢束縛住他的身體，還要把他弄得心煩意亂，到處摸不停呢？

「啊、啊啊、啊，殿、殿下，啊……！」

韓常瑮頭上的問號也只是一時的，李鹿將剛才包覆住整個柱體的手勾起來，握住龜頭下方。

當李鹿開始快速地上下擺動，韓常瑮的腦袋就變得無法好好思考，當最敏感的部位受到直接性的刺激，腦袋便漸漸變得無法正常運作。

「嗯，啊，啊呃……！」

韓常璟不由自主地低下頭，口水也跟著流了下來，既然變成現在這種情況，是不是代表著他早就知道自己想緊縮著腿，繼續接下來的動作呢？

因為李鹿結實的大腿正將他張開的雙腿固定得動彈不得，就算想掙扎也沒有用。

「不喜歡？」

「沒、沒有……」

「那是因為太舒服了嗎？」

「對，呃嗯，很、很舒服……呃啊，殿、殿下……！」

「哈啊……」

果然，因為李鹿的觸碰，背脊不斷顫抖，且生殖器又被搓揉的關係，讓他發出低沉的氣息，那氣息就像雷劈在脖子上似的，讓韓常璟脖子上的汗毛直豎。

只不過這時他的耳邊傳來一陣嘆息聲，卻讓他覺得有種頭痛的感覺，因為殿下給的一切都實在是太過美好，讓人感到既痛苦又吃力。

「唔、唔……」

韓常璟正想著剛才那不停撫弄胸部的高貴玉手是不是提起了自己的下巴，並讓他的頭轉向李鹿時，對方炙熱的舌頭便突然闖入韓常璟呆愣張開的嘴裡，但這不是像平常那樣在嘴裡四處探索的謹慎接吻，而是放肆纏繞嘴裡嫩肉的粗魯接吻，就好像方才那般的插入。

兩人嘴唇互相接合發出的水聲、高貴的手抓著他的生殖器晃動的聲音，已經開始流出的體液所發出的啪啪聲響、被水與汗水浸溼的身體所發出的衝撞聲……

韓常瑮緊緊地閉上雙眼，他想像得到的一切淫蕩聲響全都糾纏在一起。現在也不過只是靠在李鹿的胸膛，並將雙腿打開罷了，他卻覺得這是至今為止做過的所有情色行為之中，最雜亂無章、最色情的行為。

韓常瑮緊張蜷起的腳趾發白，腰部下方就像是將被生殖器插入後方時一樣顫抖了起來，因為他不知該如何是好，而在用手不停掙扎的過程中，小小的指甲刮到了李鹿結實的二頭肌，讓他輕輕地笑了出來。

「殿下，為什麼、不、啊、啊嗯、不做，我……」

「為什麼不做剛才說好的？」

「嗯、對，為什麼……只有我……」

「我會做，但是感覺如果那樣做，那可能開心的就只有我，所以在做之前，我也想讓你好好感覺一下。」

李鹿舔了舔韓常瑮積在眼角的淚水，並像是蓋章似地親吻韓常瑮太陽穴好幾次，雖然那是像平常一樣既溫柔又撫慰的吻，但是因為他不停撫摸下面的手，讓這個吻一點也起不了安慰的作用。

「啊、已經、夠、了、啊、啊……啊！」

韓常璟的身體大力扭轉，之前已經射過精了，剛才在浴池也射過一次……在這間隔不長的時間裡，他又到達幾次的高潮。

儘管如此，李鹿也只是緊緊地抓著韓常璟的生殖器，並反覆相同的動作。

這種刺激對韓常璟而言並不神奇也不新鮮，若要與將身體轉向殿下的臉，會陰部與小洞不停地被他吸吮時相比……根本就不算什麼，現在殿下只不過是反覆著用一定的速度和相似的強度，擼過前端與撫弄柱體，在他的眼裡看來是有點漫不經心的動作罷了。

但因為李鹿一直沒有停下這普通的撫摸，反倒讓韓常璟難耐得想死，雖然殿下給予的快樂令他吃力，但韓常璟早已清楚明白，如果這熟悉的高潮持續反覆下去的話，將會帶來多麼龐大的快感，讓他害怕不已。

韓常璟連避開的方式都想不到，面對即將席捲而來的極度快感，興奮的感覺像是要弄壞神經一般凶猛。

他現在連呻吟都發不出來，只能不停地顫抖，當他不斷發出呻吟聲時，李鹿便用相觸的臉頰磨蹭韓常璟的臉，稱讚他真是可愛。

「韓常璟，你知道你連這裡都溼了嗎？」

在有如海嘯般的高潮來來回回幾次的期間，身下所墊的的絲綢早已因為韓常璟前後傾洩而出的黏稠液體而變得完全無法使用。

這也是別人一針一線辛苦製作出來的，現在卻因為自己的關係而變髒了，如果是普通人，肛門才不會流出愛液，這樣也不會弄髒它……

「啊，真是可愛。」

韓常環都已經尷尬、害怕到快死了，李鹿看起來卻像是很滿意這個將珍貴物品給用髒的自己。

「殿下……我……現在……真的、嗯、沒、沒辦法再……」

雖然韓常環十分感謝李鹿，但是已經累到發不出聲音來，咬字也老是不標準，感覺就像身體裡的所有水分都轉化為精液傾洩出去一般。

不論殿下再怎麼揉弄他的生殖器，也沒有任何能射出的東西了，當原本在掙扎的韓常環一癱軟身子，李鹿才點了點頭。

「正好我也差不多到極限了。」

韓常環的腰部被抓起後，眼前的視線慢慢轉變，從天花板到牆壁，接著是李鹿端莊的臉……當看到沾黏在他手裡的白色精液時，一股自遠處而來的羞愧感湧上心頭，就算是生理現象，好歹也該有個程度吧？居然……居然溼成了那樣……

「感覺如何？腰不痛嗎？」

「雖、雖然是……不會痛……」

當他一將膝窩抓住，並將整雙腿往上抬時，尾椎有種稍稍翹起的感覺，嗯，其實這種程度的動作是完全無所謂……但問題是……

「啊……」

韓常琛的下半身被提起後，溼潤的小洞就發出啪啪聲響，而透明的液體也隨之落下，卻連為了這個無法熟悉的感覺而臉紅的時間也沒有，李鹿就併起韓常琛的大腿和雙膝，慢慢地放下腰部並穩住姿勢。

「那這樣的話……如何呢？看得到我的臉吧？」

「呃呃，是沒錯……」

「這樣的話太……啊，這樣的話可以嗎？」

李鹿抓著韓常琛的雙腿好一陣子，像是在擺弄什麼一樣到處揮動，接著又在某個瞬間像是找到解答一樣滿足地點了點頭。

韓常琛的臀部比起一開始還要再往上抬了一點，當腳踝掛在李鹿結實的肩膀上後，就出現了能讓對方上半身鑽入的空隙，讓兩人成了類似男上位、可以看見雙方臉龐的姿勢。

「呃嗯，但是不能接吻有點可惜耶。」

不過韓常琛現在也只能看到李鹿的臉與上半身而已，根本就看不到下面的狀況。

儘管如此，韓常瑮仍然大膽地笑了出來，因為不論是手還是身體都很大，而讓人感覺像個成熟大人的他，老是獨自嘀咕著什麼且努力嘗試的樣子，看起來真的有點可愛。

「……啊，殿……下……？」

韓常瑮的笑容不由自主地綻放開來的閒暇並沒有維持多久，因為他真實地感受到李鹿扒開他的柔嫩大腿後，健壯生殖器直接闖入縫隙所帶來的重量與體積。

「呃啊，這、這……」

然後從那刻起，韓常瑮便明白到底是哪裡出錯了，雖然不知道具體來說到底是什麼問題，但是腦中卻不停地響著警報聲。

危險，再這樣下去似乎真的會發生大事，比剛才在他的手技之下射精還要更危險的事。

「哈……」

當然，現在因為不知如何是好而感到焦心的就只有韓常瑮而已，殿下則是在不清楚韓常瑮當下的情況之下，僅是皺著那帥氣的眉毛並喘著氣。

李鹿看起來就像是看到懷裡的人照著自己的意思盡情歡愉，而且也能如他所願將生殖器插入最深之處後動作，而感到十分滿足。

「那個，殿下……這、這……」

所以這姿勢和體位到底是怎麼回事？韓常瑮本來打算對李鹿小聲詢問，卻因反射性叫出的尖銳嬌喘聲，而支支吾吾地吞回嘴裡。

韓常瑮身體部位中還算是有點肉的臀部擠壓李鹿結實身體的感覺還歷歷在目，柔軟的嫩肉在被瘋狂推擠而上，大力地衝撞結實的肌肉和突起的骨頭時，會「啪」一聲地彈起來。

而因推至最深處的關係，李鹿那沉重的陰囊也發出類似打擊的聲音，並敲打著韓常瑮的屁股溝與緊閉的大腿。

但是，這與韓常瑮至今以來熟悉的所有快樂不同，反而讓他感受到一種猥褻的感覺。

其實韓常瑮所知道的，能讓他感到快樂的方式沒有幾個。抽插小洞、揉弄腫脹的乳頭、將精液從勃起的生殖器中射出，這就是全部，但卻沒想到李鹿那猛撞進自己深處的生殖器、觸碰到屁股的粗糙陰毛，也能帶來如此龐大的快感。

而且其實最大的問題是……

「呃，啊……」

不僅是間接性的刺激，直接性的刺激也不容小覷，就如同李鹿那石頭般的身體，以及當那結實又大到令人害怕的生殖器拂過相觸的肉體奔向自己時，都會很精準地觸碰到他的生殖器。

「……韓常瑮。」

「嗯，是，殿、下，呃呃！」

「呼，你可以用手……抓住腿嗎？」

「啊啊，對不、起，我現在……沒辦、啊、呃、出、出力……」

「嗯……」

李鹿像是在苦惱什麼似的張開一邊的手抓住韓常瑮的後膝，而因為他原本就有著修長的手指與大大的手掌，即使有點吃力，但也還是能固定住姿勢。

「啊、啊啊，殿下！殿、下……！」

因為韓常瑮的腿被突然被抬起的關係以現在也看不見李鹿的臉，雖然知道李鹿用一隻手抓住他的腿，但是因為看不見其他部位的狀況，搞得韓常瑮心裡也非常不安，而就在他小聲地喊李鹿時……

「啊、啊，殿……下，呃啊……！」

還想說那像是插入似的、不停攪動著大腿內側的動作似乎稍微緩和一點了，結果李鹿的兩根手指頭卻突然鑽進洞內。

「呃嗯……」

李鹿將膝蓋靠在墊褥上，並將身體稍微向自己傾斜，不對，是好像是這樣，要不然他怎能同時抽插小洞，又同時讓生殖器往大腿內側動作呢？

「啊……韓常瑮。」

「呃、呃呃、殿、殿下，這、這、這不可以……」

韓常璟的腦袋好像要融化了，舌頭馬上就變得無力，發音也跟著變得不清楚，就像是把酸橘子直接塞入嘴巴裡一樣，舌下的空間積滿了滿滿酸甜的口水。

也許是腿被抬得比第一次還要高，磨蹭生殖器的角度也隨之改變，即使身體緊緊貼合，方才滿滿的精液與汗水有時也會流下身體。

再加上這次李鹿從上頭精確瞄準後才又戳又蹭的，所以韓常璟連一點能逃走的縫隙都沒有。

李鹿那從觸感就與自己大不相同、好似石頭的生殖器，在稚嫩的肌膚之間與硬挺的生殖器上面熟悉地不停來回，巨大生殖器磨蹭大腿間傳來的脈動，更是原封不動地傳達過來。

現在韓常璟似乎稍微能理解剛才因為不能接吻而感到可惜的李鹿究竟是什麼感覺了，面對想說出什麼、想發出什麼聲音的嘴巴，還真希望有人可以想辦法處理一下，希望能與那炙熱又溫柔的舌頭糾纏在一起，很想盡情地吸吮著某些東西。

「啊，啊啊……啊！」

隨著「啪」一聲的聲響，腰部和尾椎下方同時大力地震動了起來，李鹿的陰囊拍響屁股的縫隙，同時射了出來。

本來還以為再也沒有東西能射了，韓常璟在焦急之下咬了自己的食指，並搖了搖頭。

雖然就算這樣，李鹿也不會看見他的動作。

沾附在韓常璟腹部上的精液，簡直就跟清水一樣，看起來有點奇怪，這能稱得上是精液嗎？一點也不黏，好像真的……就只是水……那清澈的液體伴隨著宛如水聲的尷尬聲響不停流出。

韓常璟一邊嘀咕並咬著嘴唇，直到剛才為止，已經射出不少東西。

是不是白色精液的黏性全都沒了呢？嗯，就當是這樣好了……

儘管剛剛才射過，卻又悄悄湧現的射精感才是問題，那是一股很像尿意的感覺，但是又完全不一樣，韓常璟內心最先感受到的忐忑不安，讓他緊閉起眼睛。

「殿下……好、好奇怪……」

「怎麼了？會痛嗎？」

「不、不是、那樣，呃嗯……」

「你應該不是覺得痛吧？」

「是，雖然……不是，因為痛……」

「人家說很開心的時候也會那樣，開心到令人害怕。」

韓常璟現在就是這樣，開心到好像真的快要瘋了。

李鹿每個低語下的音節都透漏著淫氣，低沉的嗓音美妙到令人想摀住耳朵，這從來沒體會過的感受，以及那想得到他卻不知該如何是好的欲望也令人感到陌生。

還有……這種陌生的感覺實在是開心到令人無法抗拒。

尖銳嗓音貶低他不過是個淫蕩的洞的迴響拂過耳際，但韓常璟都覺得無所謂了，這種刺激的快樂只有李鹿給得了，那是能讓他變得如此沸騰的人，這個世上就只有殿下一人。

「哈啊……韓常璟。」

「嗯，呃嗯……殿下……好、好舒服，太舒服了……」

在韓常璟煩惱是否真的能夠覺得這麼舒服時，李鹿低聲地笑了，同時還聽見頂著下體的拍打聲。

韓常璟那宛如瓢瓜白皙的屁股趴在鋼鐵般的肌肉下方，被李鹿輕柔地按壓著，當他想著那微弱的震動是否會擴散至整個下體時，應該沒東西可射的龜頭前端便立刻直挺挺地站了起來。

「……小璟。」

同時，李鹿低沉的嗓音小小聲地喊了韓常璟的名字，在一聲「小璟」後，伴隨著的是他那莫名看起來有點害羞的樣子。

啊啊，在這至今為止都沒人喊過的溫柔暱稱之下，韓常璟自然地低下了頭。

接著……他只能一邊顫抖身體，再次迎向了高潮，這次甚至什麼也沒射，就僅僅只是顫抖著那直挺挺的粉嫩生殖器。

「呼呃……」

當他的身體被李鹿抓住，開始大力擺動之際，上方也傳出對方低沉的呻吟。相觸的生殖器與肚子上頭，流下已不知道是第幾次的神祕透明液體。

當韓常璟緊抓的力氣鬆懈，纖細的雙腿也無力地癱開來。

這時，殿下的臉龐才更加清楚地映入韓常璟的眼簾，當他還在氣喘吁吁的時候，李鹿便一邊笑著，一邊將身體更貼近他。

兩人流出的體液相當黏稠，纏在雙方的肉體之上。

「小璟，為什麼要哭？」

韓常璟的眼睛閉上又睜開，就如同李鹿所說的，不知原因為何的淚水順著耳廓流下來，對方可以一次抓起自己的雙腿的大手輕輕地擦了一下溼潤的臉頰，而再次喊著自己「小璟」的聲音也變得比剛才還要靠近。

溫熱的氣息在人中上散開來，韓常璟帶著輕笑閉上眼睛，自己求之不得的吻，就像落雨般溫柔地灑下。

Whispers Through the Willows

第11章

「怎麼了？實際上做過後覺得還好吧？我會感覺有點像是變態嗎？」

李鹿歪著頭並淘氣地笑了笑，那句「我還挺喜歡的啊」的補充說明，就像棉花糖一樣柔軟。

雖然韓常瑮不曾吃過，不過之前有依照童話書裡的敘述想像過好幾次，那是一個甜美到令人皺起眉間，只要碰到手就會迅速化掉，也是終究無法成為他所屬之物的……那種滋味。

韓常瑮想，他到底算什麼，為什麼殿下每次總會這樣竭盡所能地對待他呢？

光是以奔向極限快感這點來看，似乎就跟在研究所接受實驗時沒什麼不同，只不過現在光是對象換成李鹿，就能讓他的情感達到這樣的高潮，這個感覺讓人感到神奇又怪異。

「哎呀……看來只有我自己喜歡這樣呢。」

「不……不是的，我也很喜歡，真的很喜歡，只是……」

韓常瑮一邊嘀咕，一邊糾結著自己究竟是出自於什麼原因才會忍不住爆發出淚水？因為沸騰全身的快感平靜下來後，讓自己有一種空虛的感覺？還是因為那像是不知道自己的空虛而靜靜哄著他的嗓音？

又或是殿下溫柔地喊著他小瑮？還是因為之後會忘不了在這白紙般的浴池裡，被他擁抱的夜晚……

「只是？」

「那個……」

李鹿修長的手指，輕輕拂過韓常瑮紅腫的眼角，當沾有水氣的眼睫毛一碰到肌膚，原本像是在享受柔嫩觸感而發出「呃嗯」聲響的李鹿就再也忍不住似地，往韓常瑮的臉頰上蓋章一般不停地瘋狂親吻。

「因為殿下您……喊了我小瑮……」

雖然這並不是全部的原因，但是現在能用言語說明的，就只有這個。

「雖、雖然您之前也說過，怕會造成其他人的困擾，所以才會叫我小瑮……」

其實在韓常瑮開口之後，他也發現最大的理由應該就是這個了。

韓常瑮所感覺到的是，殿下的語調似乎與之前決定要以障眼法來稱呼他時有些不同……殿下在猶豫之後，小心翼翼地喊出小瑮這個名字的嗓音，似乎帶了點激昂的情感……但是，那麼溫柔的殿下等等會搖搖手表示「不，很抱歉讓你誤會了」嗎？

「啊啊，對，我是這麼說過，不過這是第一次實際叫你小瑮嗎？」

「是，好、好像是。」

韓常瑮為了消除那一擁而上的尷尬，便拚命地點著頭。

唉……果然是他想太多了，將那聲呼喊賦予了太大的意義。仔細想想，上次也因為李鹿喊了他的名字而興奮得勃起，甚至還拜託李鹿離開。

韓常環在一陣害羞之下，身體也跟著熱了起來，眼皮內側更像是著火似地炙熱。就是因為這樣，他才會是個會因為被呼喚名字而興奮的奇怪變態吧？

「有時候你喜歡到無可自拔的事情……反而普通到讓我感到無言……」

李鹿靠著韓常環的額頭，小聲嘀咕著。

「所以我有時也會變成……那種不瞻前顧後、只是猛撲上去，既平凡又血氣方剛的二十三歲青年。」

韓常環被這意外告白嚇到，往後縮起了脖子，李鹿便用手背搓揉鼻尖，並垂下視線。

「很奇怪吧？」

李鹿小聲詢問的溫柔嗓音中，帶著莫名的謹慎。

很可笑的是，殿下的那一句話，似乎融化了不久前為止都還緊勒著韓常環內心的一切事物。

就算目前依舊沒有任何事情順利解決，但讓韓常環感到心煩意亂的各種思緒，也很難得出完整的定義。

但一旦有了「你讓我變得好不像自己」的共識形成，光是這樣，就讓韓常環莫名感到安心，至少和李鹿抱持著某種相同情感的事實，就足夠讓不安的心平靜下來。

「呃、呃……」

同時，李鹿的吻又覆了上來，微腫的雙唇再次相觸，溫暖的舌頭也掃過柔軟的上顎及內側黏膜，韓常璟緊閉著雙眼，害羞地靠在李鹿袒露的肩膀上。

「……有一種、活著的感覺。」

韓常璟在這沒能忍住、突如其來的一句發言之下，李鹿大笑出來。

「是啊，這樣能感受到脈搏噗通噗通跳動的感覺呢。」

就像他說的，身體與殿下相觸的每一個地方，都輕柔地躍動著。

「感覺有種青蛙在這裡跳動的感覺，也有蝴蝶在振翅的感覺……」

李鹿一邊說著零碎的話語，一邊按向韓常璟身體的各個角落，而韓常璟本人則是一邊點著頭，一邊張開嘴接受李鹿的吻。

其實自己想說的就是字面上的意思，與殿下相處的短暫時間裡，自己是第一次有成為一個活人的感覺，不是從外面撿來被貼上複雜編號的實驗體，而是一名叫韓常璟的人，也不是那個因為害怕韓代表而顫抖，最後拖著既悲慘又狼狽的身軀，從成永堂爬出來的失敗實驗計畫……他只是一位平凡的二十歲小璟。

「我來幫你洗澡吧，再這樣下去就要感冒了。」

李鹿將手放在韓常璟的大腿及背後，便輕鬆地抱起他。

韓常璟被突然其來的動作嚇到，無意識地圍住李鹿的脖子，李鹿便輕輕地笑著，彷彿是覺得這生疏的動作相當可愛。

「謝謝你，這是一場很完美的安慰，而且是只有你才做得了，可愛又色情的那種安慰。」

那是一個好似窗外隨著溫柔清風飄揚的柳樹般的笑容。

「殿下，依照目前的情況來看，明年的預算似乎會被刪減。」

鄭尙醞用煩躁的嗓音，邊做出像是要敲碎手機螢幕一樣敲打螢幕的動作，告知李鹿這個壞消息。

「是喔？這次又是什麼藉口？」

李鹿斜斜地叼著菸斗，慢慢地邁開步伐。

「似乎是說有關特殊體質宣傳的相關預算，應該要轉交給春秋館或是廣惠院。」

「真是可笑。」

「還有，我想會有很高的機率會轉交給春秋館……」

「那只要提到春秋館就好了啊。想必一定是有其他理由，才讓他們把廣惠院也牽扯進去。是因為韓會長嗎？我記得廣惠院的理事之中，貌似也有和韓會長熟識的人。」

「是，因為殿下近期與廣惠院往來頻繁，所以他們也想藉此機會斬草除根。」

皇室成員只要在舉行成年禮後，就會被賦予一個像樣的職責。通常會是什麼部門，又或是什麼協會的顧問或理事之類的，而實際上執行的工作也差不多是門面擔當，或是誘導大企業捐款。

而正式的公務活動則是在服完兵役並完成巡防後開始。當然，其實等到某個年紀時，也會親手參與實務，但那也是久遠以後的事了。

也就是說，現在正是李鹿該以皇子的身分往前跨步的時候。若是李鹿因為負責掌管的連花宮沒有良好的成果而要轉交其他部門，那還說得過去，但現在連所謂的結果都還沒出現，他們卻這麼快就開始找碴，實在讓人感到無言至極。

「在他們向廣惠院長下手之前，我們動作快一點。」

「是，還有韓會長也透露出再次訪問的意願。」

「不是正式覲見？」

「聽說是如果殿下在的話，那就簡單地向您打聲招呼後，直接前往柳永殿。」

「嗯……想必他一定表示要見韓常瑮，不，我是說金哲秀。」

李鹿一邊吐出長長的菸氣，一邊皺緊眉頭。

鄭尚醞的表情也是難看到像是吃完的零食包裝袋一樣，充滿皺褶。殿下是真的……既端莊又優雅，但每當他叼著菸斗，擺出那副表情時，看起來簡直就是一名無賴。

「看您一副很鬱悶的樣子，我就來向您報告一件充滿希望的事情好了。韓常瑮說他今天把歷史概論全讀過了，就連您留下的試題集，他也找到了答案。」

「喔？是嗎？」

「還有寢房那邊也表示有不錯的布料進來了，問您是否能在傍晚時過去一趟。」

「啊啊，對了，有說過要幫小瑮準備新衣服嘛！不過我們有錢買布料嗎？」

李鹿那句溫柔的「小瑮」，讓鄭尚醞的嘴角就像是摔倒似地抽動了一下，接著便是無奈地大聲嘆息。

「是是，國中博那邊MD販售的款項在一週前已經進來了，這次因為有您相片的商品賣得特別好，所以費用裡還包含了肖像權的費用。」

韓常瑮現在所擁有的衣服似乎只要用兩個大包袱就能收拾乾淨，而且他好像為了整潔而總是努力用手洗。

也許是布料的材質不太好，他越是認真清洗，衣服就越容易起毛球或是磨破，而他似乎也沒收過他人送的衣服……如果說要幫他做一件新衣服的話，韓常瑮又會露出什麼有趣的表情，然後不停地感激自己呢？

「拜見李皇子殿下。」

正看守在柳永殿前的侍衛見到大步靠近的李鹿，恭敬地行禮。

「那隻毒蟲呢？」

「依申尚宮所言，他現在似乎不是不能行動，但也許是因為看韓會長臉色的關係，所以現在非常安靜。」

「不過他還是能說話吧？」

「是，雖然牙齒斷了，發音有點不正確，但也不至於聽不懂。」

「那就行了。」

李鹿輕撫著光滑的菸斗末端，並緩緩地邁開步伐。在帶韓常瑮去首爾前，想先跟這個冒牌貨確認一些事情。

「可是殿下，您打算跟那個瘋子說什麼？他看起來一點都不像是能溝通的人。」

「但你不覺得基於禮貌，還是應該先問過一次嗎？問他為什麼要借他人名字入宮。」

「呃，但您覺得您問了，他就會乖乖回答嗎？只要他事後不要跑去向韓會長告密，我們就該覺得慶幸了。」

「我不是因為真的想得到答案才問他的。就算不是那小子，應該也會有另外一堆會將詳細情況向韓會長報告的傢伙。」

所以，現在這樣算是一種宣戰。

韓會長最大的敗筆，就是將李鹿看作小孩子，雖然在成永堂的時候看起來很果斷，但絕對沒想到他會如此強硬。

「那就等週末從廣惠院回來之後再問他，這樣應該會更站得住腳吧？先掌握目標，也能看起來像是已經掌握物證了。」

「這樣太遲了。」

李鹿認為現在這個時候正好，趁人們因為他在成永堂時的表現而受到的驚嚇還沒平復之前，再給冒牌貨一記下馬威。

畢竟這種小把戲或變相行動以後也許就行不通了，所以李鹿現在得試著丟出一切有效的牌。

「唉，柳永殿是我們連花宮裡最漂亮的地方耶，結果居然發生這種事……」

鄭尙醞帶著惆悵的眼神，舉起雙手遮擋太陽，並看著柳永殿的各個地方。

「怎麼了嗎？現在也很漂亮啊。」

「啊，但是住在裡面的傢伙一點都不好啊，把這裡弄得如此髒亂！唉，你看看這裡被弄成什麼樣子，也不想想這裡的石頭是個怎麼樣的石頭。」

鄭尙醞一邊嘆氣，一邊小心翼翼地輕拂著破損的石砌壇邊角。

雖然李鹿想反問鄭尙醞「那不是原本就磨壞了嗎」？但是鄭尙醞看起來似乎也不是不知道這些，於是李鹿決定保持沉默。

畢竟鄭尙醞是想要怪罪那隻毒蟲把這個漂亮的空間弄得如此亂七八糟，才會說出如此誇張的話語。

如果李鹿沒有記錯的話，這是他第一次親自走向那個冒牌毒蟲所住的地方。因為在宣布訂婚的時候，兩人也只是像是微風拂過似的，輕輕地道過問候而已。

若將全國的所有宮殿合計起來，雖然連花宮，特別是柳永殿，是被人稱作最漂亮的地方，但李鹿卻沒有太大的興致。

因為這該死的體質關係，李鹿從來沒有想過要與某人親近生活的未來。

唉，就算不是體質的關係，只要他不放下李皇子這個位置，那很明顯的就是不可能透過自由戀愛的方式結婚。

也許正是因為這樣，李鹿從小聽到別人說，柳永殿未來主要會成為他的配偶所使用的空間時，他一點都不覺得興奮，也不會想著要更加關注這裡……而那種感覺，現在也是差不多的。

只是……李鹿突然想起第一次在這附近遇見韓常瑮的瞬間，那踏著猶豫的步伐，然後因為嚇到而四處張望，像是小動物的模樣、一起坐在清玉橋前，餵他吃各種食物的事、被小小的善意感動到用著閃亮亮的眼睛盯著他的那張臉……仔細想想，在這麼短的時間內，他也跟韓常環累積了不少回憶。

「殿下，您不進去嗎？」

「喔？啊……現在要進去了。」

李鹿一邊乾咳幾聲，一邊踏上大廳。

過去這裡是個不曾讓自己陷入某種情感的地方，但是現在居然在鄭尚醞面前像是失了魂一樣地想著韓常環，這還真是有點尷尬。

「不過好險沒有散發出什麼奇怪的味道，人家不是說如果是毒品的話，到處都會散發出腐臭味嗎？」

「就是說啊，聽說我不在的時候，申尚宮為了管理這裡而吃了不少苦。」

經過兩隻美麗鳳凰相容的井字天花板下，往左邊走去後就會看到廂房內用來作為寢室的房間。

原本柳永殿的主人生活及就寢的地方另有其地，本來想著等他在熟悉宮中規範後，讓他能過上舒適的生活，就先讓他住在正殿。

但聽說申尚宮因冒牌貨的所作所為而憤怒地將正殿鎖得死死的，沒有打算要給他用的意思。

陷入沉思的李鹿歪著頭。

嗯……如果打從一開始，進入這個地方的不是那隻毒蟲，而是韓常璟的話，那狀況會變得怎麼樣呢……

別說是惹事了，韓常璟大概會像死人一樣安靜到不行吧？不只是申尚宮，他應該也會得到御膳房宮人們滿滿的疼愛吧？而且，就算他不出面，寢房的宮女們搞不好也會常常做漂亮的衣服給韓常璟。

韓常璟啊……該怎麼說呢？他總是會激起他人想給他東西的奇怪欲望，雖然因為他那安靜的個性，應該不會跟他有什麼來往。但搞不好依然有可能會跟他吃個飯？

如果那樣的話，結果會是如何呢？萬一事情真的那樣發展……韓常璟也會帶著慌張的表情看著他吧？那自己的心情又會是如何……

「唉！都日正當中了，還那樣懶洋洋地躺在那裡。」

當李鹿還在做一些無謂的想像時，隨著鄭尚醞的敲打，設有感應裝置的拉門也隨之開啟。

儘管柳永殿有著不輸給正清殿的透光設計，但這裡仍看起來就像是黑夜一般地黑暗。

李鹿伸手摸索著按鈕的位置並大力地按下去，當窗簾與木簾被拉上之後，內部的樣貌才終於映入眼簾。雖然很明亮，但同時也很黑暗，也許是因為內部飄盪著既冰冷又陰沉的空氣吧。

毒蟲就坐在床上，也許是因為當時韓會長的一番作為，導致他難以將腰部挺直，只能像個老人一樣駝著背，並用宛如打呼一樣的沉重聲音呼吸著。加上那像是要將自己殺掉的炯炯眼神，嗯，看起來根本就是禽獸。

「幹麼那樣盯著我看？把你弄成這副德性的可不是我，而是你父親啊。」

「你、你！」

「打擾了。」

鄭尙醞一同進入房內，用眼睛掃視著房內的各處。

大概是先前有成永堂騷動的關係吧？現在房內相當乾淨，沒有任何一處令人感到礙眼的部分。也是，畢竟這裡是放蕩玩樂的地方，也許此處沒有竊聽或是錄音設備的機率更高呢！

更讓李鹿感到有點意外的是，這裡居然連電波干擾裝置都沒有。

「我已經知道你是冒牌貨了，也知道金哲秀真正的名字叫韓常瑮。」

毒蟲貌似對金哲秀這個名字感到十分陌生，瞇起眼的他馬上發出「啊啊」的粗糙嗓音，並小聲笑著嘀咕「金哲秀」三個字。

那模樣就像是會在下一場戲掛掉的反派角色一樣。

「我想你不可能是為了從我這挖取情報，才來找我的吧！」

「怎麼不可能？」

李鹿正準備點燃菸斗，一想到自己所在的地方是柳永殿後，就停下手邊的動作。他看到連看都不想看到的傢伙在這裡癱軟成一團，內心就自動憤怒了起來。

總有一天，使用這個地方的人就不會是這傢伙了……所以現在必須忍住。

嗯……但也沒有特定是誰。總之，李鹿並不是因為想起韓常璟而決定不吸菸的，只是因為管理內部的鄭尚醞或是申尚宮之類的人會不高興，李鹿才會打消點菸的念頭。光是石砌壇上的磨損就讓他們大驚小怪了，想必香菸的味道和菸灰會引來他們更大的不滿。

反正李鹿現在也只是在心中嘀咕，根本沒人聽得見他的尷尬辯解，同時努力地將韓常璟那不停冒上心頭的笑臉從腦海去除。

「嗯，這陣子我假設了很多種狀況，但我覺得最有可能的是，你和韓常璟其實都是韓會長的私生子。」

李鹿將身體斜靠在三層式的韓紙櫃，床鋪和門都盡收眼底，這裡可說是一個拿來拷問他人的好位置。

「而與你相比，韓常璟更好操控，所以韓家打算在充分利用過他後將他拋下，但若是這麼做的話，已經對外公布出去的那個名字就太可惜了，所以便讓你繼續使用他的名字，理由在於，在那之前也沒有人看過韓常環的長相。」

「對外……哈哈，不過現在說這些，有什麼重要的地方嗎？如果我不是韓常環，你要告韓家嗎？我說殿下，對象可是趙東製藥啊。」

毒蟲接著又說：「還是說……」接著就笑得像是嘴角撕裂到太陽穴的惡魔一樣。

「哇，事情真的發展得很有趣耶，難道你真的愛上韓常環了？所以現在才打算來整理一下狀況？」

李鹿不是愛上韓常環身後的洞，而是真的喜歡上他了？

李韓碩帶著狂傲的眼神繼續追問下去。

「在明白真正的韓常環另有其人後，我就能明白韓會長為什麼會延緩三年的時間了。因為內部複雜的原因，若要走到國婚會有困難，但是有三年的時間緩衝，就足以讓韓家操控輿論。而其中因為有兩年的時間我都不在，想必事情也就進行得更順利吧？」

「這個嘛……那部分是大人的事情，我不清楚。因為我只要吸毒和做愛就夠了，但話說殿下……」

冒牌毒蟲伸直脖子，並用著一副像是很享受似的眼神看向李鹿。

「我向你保證，如果你是真的對韓常環有那顆心的話，就算知道那小子的真面目，你也無法將他當作協商用的手段。」

「協商用的手段……」

李鹿小聲反覆這句話，越想越令人不悅。

「哇，連我這樣說他，都會讓你不爽啊？你如果是純情派，我勸你這次還是先想清楚喔。這是我真心的忠告。」

李韓碩望著李鹿的這個男人，眼神中透露出陰森的氣息，甚至還能感受到藥癮者特有的那種怪異氣息與狂氣。

「我對韓常璟是不是真心的，這有什麼重要的？我不會把可憐的人拿去當擋箭牌，希望你別再露出那種表情，畢竟我可不想被與你這種人混為一談。」

「真是的，你還是少裝模作樣吧。」

「你才是，到底要我說幾次才行？我想知道的是趙東製藥在背後到底搞什麼鬼，而不是要以韓常璟當為藉口去與趙東製藥協商。我是想剷除那些膽敢欺騙我的人，你是因為嗑藥上癮，所以連腦袋也壞了，搞不清楚兩者間的差異嗎？」

毒蟲突然起身，當燈光照射在他的臉上，他那破碎成奇怪樣貌的牙齒就變得清楚可見。儘管李鹿聽說韓會長有另外派人前來，但從他那悽慘的狀態絲毫不見好轉看來，似乎是故意不為他治療。

「什麼？沒有意義？不想被混為一談？」

李韓碩粗著脖子大聲了起來，毒蟲的樣子就變得更加怪異。

「哈，那你幹麼來這裡說著什麼真的假的試探我？你若是好奇韓常琛到底經歷過什麼事情，那就直接去問他不就好了嗎？」

不屑地注視他的李鹿因為突然看見某個東西而瞇起眼睛。仔細一看，他的前臂上到處都是血痂，那像是用指甲撕抓了好幾次的痕跡。

李鹿這時才覺得好像有哪裡怪怪的，雖然不清楚關於吸毒的事情，但至少還是知道以短期來說，是不可能到達像他那種程度的。

如果這小子一直都有在吸毒，怎麼可能在過去的兩年間都不曾被連花宮的人發現？光是最近一次碰到這個毒蟲的時候，他也沒有像現在這樣看起來如此悽慘，但如果他是在這麼短的時間內變成這副德行，照理而言他現在也無法像這樣，靠自己的雙腳好好站在那裡……

李鹿帶著有所不滿的表情皺起眉頭，這似乎與他最近感受到的事件相符，但也沒有能明確指出的地方。

該怎麼說呢？畢竟是個性愛成癮者……難道是性病？還是……這是韓會長所指示的？

「煩死了，像你這種人最惡劣了。」

也許是因為那一直盯著他看的眼神很令人感到不適，冒牌貨毒蟲大步走向李鹿，而李鹿在制止意圖阻擋的鄭尚醞後，也向他邁開步伐。

兩人近在眼前的視線就像武器一樣互相碰撞。

「你也是為了自己的利益，所以才會連對自己也無法坦誠，一輩子偽善地活著，你覺得自己像神人一樣，而且還是像韓常瑮那種乞丐的救世主，對吧？你錯了，你只不過是一名偽善者罷了。」

李鹿歪了歪頭不予置評，但這陣指責實在是太符合對方的水準了，令他不自覺地噗哧地笑出來。

「真是個有趣的理論，如果人想活得像個人，依照你的話來說，戴個偽善的面具有什麼不好的嗎？我又不是禽獸，難道你就不覺得因為充滿欲望而做盡骯髒事的人，反而更令人感到羞恥嗎？」

「所以我的話錯了嗎？你能保證探聽韓常瑮所經歷過的一切，不會成為日後增加你的支持率的原因嗎？你最終還是打算把我們韓家踩在腳底，並讓你處於與太子爭鬥時的有利位置，不是嗎？」

「是啊，以結論而言，我的確能從中取得利益。但這是為了活得像個人類而懷抱的最小意志、想走上正確方向的信念，雖然不大，但能給予他人善良與希望。還有，普通人會把這個稱作努力，而不是偽善。」

李鹿不動聲色，僅是將他的視線向下並望著李韓碩，他很清楚自己高大的身材、高壓的視線及好像在說「我是李皇子」的嚴肅表情交疊時，會給人帶來多麼大的壓迫感。

雖然以毒蟲的狀況來說，別說是感到敬畏了，那感覺就像是在開啟他內心自卑感的開關。

「因為自己的人生一團亂，就說出那種狗屁不通的理論，然後還將自己的所作所為正當化，你都不覺得有點那個嗎？」

也是啦，想必你就是不懂得羞恥，現在才會變成這種樣子。

李鹿不屑地說著，而毒蟲也只是不停地咬著已經被他撕裂的嘴唇。

在看到李韓碩那像是要連自己的肉也要咬下，夾雜著不安的激烈動作後，鄭尚醞再次擋在李鹿面前。

眼中一片死寂的毒蟲看向鄭尚醞的手機，一瞥見隨時都能呼叫外頭看守的按鈕正在閃爍後，他剛才那還在準備危險動作的手便馬上背到後面，然後上半身開始像是故障的小丑娃娃一樣擺動著。

「既然你這麼好奇，那我就告訴你吧！你的猜測一半是對的，一半是錯的。我確實是韓會長在外的私生子，但韓常琛不是韓會長的親骨肉。」

毒蟲說自己的本名叫李韓碩，並一邊低下頭，作勢要來一個誇張的問候。

「你的意思是韓常璟也不是韓會長的私生子?」

「沒錯，他是從某個Omega那裡撿來的傢伙，雖然我也不知道確切的理由，但是我記得因為那個Omega沒錢買藥，才會把韓常璟賣了。」

「……看來他是打從一開始就想打造一個不存在的人，然後再隨便找個人來充當囉?」

「沒錯，會長無比疼愛的Omega小兒子的設定和韓常璟這個名字已經被決定好了，父親認為若能有一個Omega孩子，那在各方面都能得到好處，所以就收集數名可能是Omega的孩子進韓家。」

「數名?」

「趙東製藥不是製藥和賣藥的公司嗎?所以一定會覺得如果有Omega在，在事業方面也會變得更方便吧?還是你覺得這只是為了勾引身為Alpha的皇子殿下，以後好當一名皇室裡的釘子戶?嗯，這也不算錯啦，但是在一個公司裡，最重要的事情是什麼呢?」

「當然是這個啦!」一邊說著這話的毒蟲……李韓碩一邊做出數錢的手勢。

「父親一直很想要一位可以用很久的實驗對象，要找到適合的人，當然要有數名候補囉，所以就買了數名可能會是Omega的傢伙。」

雖然鄭尚醞的身體仍向著李韓碩的方向，但他卻將視線往李鹿的方向稍微瞥了瞥，因為他有一種接下來要聽到的事情，似乎非同小可的感覺。

「公司的研究員們對那些撿來的孩子進行了幾項實驗，而且決定將最終活下來的人當作『韓常瑮』。沒錯，雖然對外是一名受父親愛戴的柔弱Omega兒子……但其實他就是被選為在趙東製藥，拿來開發Omega新藥的實驗體。」

「但是韓常瑮並不是Omega。」

在李鹿不自覺的發言之下，李韓碩點著頭說：「喔？你果然也知道。」

李鹿並不想在他面前表現出自己動搖的樣子，但他卻忍不住握起拳頭，這也是無可奈何的。

「沒錯，他是經過挑選後，最終留下的孩子。但令人無言的是他並不是Omega，明明就有那樣的徵兆，但最終依然無法確認為Omega。」

「也許是因為他不是Omega，才有辦法撐過那種強度的測試吧？總之……包含父親在內的研究員們可說是非常慌張。畢竟就算外人不知道他的長相為何，但對外也已經到處宣稱韓家有個Omega兒子啦！而且還因為這樣，而讓幾個法案通過呢。」

也許李韓碩是因為興奮或是開心，一直笑個不停，誇張的動作和胸部不自然的膨脹，眼睛的微血管也開始爆裂。

雖然那個樣子看起來就像是個情感調節失敗的鄉土劇演員，但李鹿仍保持耐心，繼續等著對方要說的話。畢竟這又不是關於別人，而是有關韓常瑮的事。

「因此，既然事情都變成這樣了，父親和研究員們就想說，那就乾脆利用韓常琛，來解開心中的疑惑，這樣或許能製造出把普通人變成Omega的藥。」

「……什麼？」

李鹿現在有一種臉頰和下巴的力氣盡失的感覺，他慢了一拍才眨了眨眼睛。

雖然能預想李韓碩剛才所說的事情結局會是如何……但這還是令人無法相信，不，應該說是可怕到令人不敢相信。

「你想想，不論是過去或是現在，貼有Omega之名的春藥在黑市都有名到供不應求了。而就像你說的，外界都不知道韓常琛到底長什麼樣子，所以他們一定是認為就算繼續扯謊說他是Omega，接著在背後讓實驗方向轉為能賺很多錢的實驗也不錯。」

鄭尚醞連阻止的空隙都沒有，李鹿就直接伸出手緊抓住李韓碩的衣領，力道大到連李韓碩的雙腳也稍微離開地板。

但沒想到李韓碩卻哈哈大笑起來。

「你在生氣？難過？忍不住了？但你又能怎樣？你把心交付出去的那個傢伙，可是個一輩子被關在實驗室的實驗體啊。」

「你說這什麼鬼話……」

「咳呃！」

也許是因為難以呼吸的關係，李韓碩為了掙脫那緊抓衣領的手，雙腳不停地掙扎著，儘管因血流不順而臉部發黑，他仍是一副覺得這幅光景很有趣似地不停笑著。

「殿下。」

鄭尙醞輕聲地喊了李鹿，那與平時不同，謹慎告誡著自己的嗓音裡也充滿了憤怒。

「尙醞……你剛才不是也聽見了嗎？」

儘管知道對方是故意要讓他生氣的，李鹿也努力忍住不發火，但毒蟲所說出的字字句句，卻令人無法克制怒火。

什麼實驗體？一輩子都被關在實驗室？

「是，但是您若是在這鬧出事情，就等於是順了他們的意。更重要的是，我們目前仍然不知道他說的是真是假。」

希望不是真的，希望他只是在說謊。

但如果依照李韓碩所說的去拼湊，那過去多少有點鬆散的拼圖就全部吻合了。

讓人感到不太對勁的韓常璟、從他身上看到的那些不尋常反應、對於就連身為皇子的他都經歷過的那些日常一無所知，還有韓常璟光是收到幾本書，就能開心地笑成那樣……所有一切都是。

「李皇子殿下。」

在鄭尙醞那與先前稍微不同，果斷提醒李鹿身處何位的嗓音之下，李鹿這才回過神來。

沒錯，我是李皇子，不是一名普通的二十三歲青年，我是在宮裡出生、在宮裡成長，要是太容易動搖，就會很容易被抓住弱點的皇子殿下。

那彷彿要將李韓碩粉碎，緊抓著脖子的手才鬆懈下來。幾條在李鹿手背上突起的青筋也跟著得以冷靜，他想起自己頭上所戴的冕旒冠重量，以及身上禮服的威嚴。

不久前還在李韓碩面前諷刺自己與他的不同，更重要的是，他之前也跟韓常環約好了，不能用和那些傢伙一樣的方式待人。

李鹿嘆出好像會將地板擊碎的沉重氣息，稍微向後退。接著迎來的是一片寂靜，在那隨時都會發生什麼事的緊張沉默之中，僅充滿了李韓碩的輕咳聲，他那緊閉的雙眼顫抖著，而吞下的口水也彷彿是一根尖刺。

「咳，你……知道嗎？」

不懂得察言觀色的李韓碩摸著自己印有紅色手掌印的脖子，並繼續一點一點地說著。

「你把那個骯髒的東西帶去芙蓉院時……咳咳，我可是送了他一個小小的禮物呢。」

「閉嘴。」

「那裡應該有莫名地出現柳永殿的東西吧？我說的就是毛筆。」

李鹿當然記得，一直都很乖巧的韓常環在看到自己對毛筆感到意外時，甚至還起身推了自己一把，那畫面可說是非常深刻地留在腦海裡，雖然在那之後一邊幫他擦拭手上沾到的墨水，氣氛似乎有稍微緩和了一點……

「韓常瑮在來到這裡之後，也還是得執行韓家給他的指示。」

也許是李韓碩害怕李鹿會再次揪起他的脖子，李韓碩連忙向後退，並開了口。

「時間到了，就要服用韓家給他的藥，還要執行各項韓家要他測試的事。我雖然是被當作監視他的角色，但就算沒有人看著他，他也會乖乖聽話，畢竟他就是那樣被撫養長大的。」

李鹿想起他與韓常瑮的初次見面。

沒錯，就是因為覺得從他身上掉出來的小試劑瓶很可疑，才會決定要跟他搭話，而且也覺得既然他是從趙東製藥來的，所以一定會跟特殊體質有關……但卻沒想到那個小小的藥瓶，居然會是破壞韓常瑮身體的毒。

「我對他說，如果你那麼想去正清殿，那就先證明自己的用處，然後就把幾根毛筆丟給他。沒想到他自己抽插得很起勁，看來他為了能待在你身邊，也不惜做出那樣的事呢。」

李鹿從最一開始與韓常瑮對話時，的確是有猜測到趙東製藥似乎對他的身體做了什麼，但也只是那樣而已，畢竟線索也不容易找到，所以至今為止都還擱置著這件事，但是……

真正被抓緊脖子的人是李韓碩，李鹿卻有喘不過氣的感覺。一直說自己的身體容易發情的韓常環，畏畏縮縮地觀察臉色的眼神，說因為自己的第一次都是殿下，而開心地紅著臉的那張臉蛋隱約浮現出來。

李鹿舉起手，緊緊地按壓炙熱的眼角。至今為止，他都是盡量慎重又溫柔地哄騙韓常環，然後要求一切自己想嘗試的體位和行為，他就是這樣擁抱對方的。

他什麼都不知道，就……帶著溫柔的面具，給那個連本人都不知道痛的人帶來傷害。

「你跟韓常環睡過了吧？」

李韓碩不屑地表示可惜。

「我守著他這麼久，本來想當第一個品嘗他的人呢，真是可惜。」

「啊啊，你難道因為我說他是第一次而嚇到嗎？雖然他大多都用道具或是毛筆，但至今從未有真人的生殖器插入裡面過。所有商品不是本來都是這樣嗎？不管怎麼說，第一次總會賣得最貴。」

「……商品？賣？」

本來李鹿打算接著不管李韓碩說了什麼鬼話，都不要做任何反應，但這是不得不反問的一句發言。把他當成實驗體還不夠，現在居然還說他是商品？

「等到約定的時間過了，我們也順利解除婚約，我就會繼續以韓常環的名字光明正大地活下去，而那傢伙會被關在別墅之類的地方，用來招待客人。」

「你要以趙東製藥小兒子的身分……以韓常瑮的名字過活？」

「我是打算那樣啊，反正也沒有人知道韓常瑮真正的長相。」

「那韓常瑮呢？」

「我剛不是說過了嗎？他會被拿來招待重要客人，你可知道製藥公司要遊說的對象有多少？他的身體已經經歷過這麼多藥物的開發，應該也無法再撐下去了，而趙東製藥一直以來都對他有恩，他能拿來用在那種用途上，不是該感到慶幸嗎？」

「殿下！不可以！」

鄭尙醞擋住反射性要上前的李鹿。

「殿下，拜託！請您冷靜。」

李鹿想盡辦法隱忍的複雜思緒最終還是控制不住地爆發出來，他的腦袋一片空白，好像全身的神經都斷掉了似的。感覺至少要把李韓碩那能夠若無其事地道出那種話的臭嘴給撕爛，才能稍微平緩心中的憤怒。

「放手，還不放手？」

「殿下，您就算現在殺了那小子，也幫不上韓常瑮任何一點忙，您得先冷靜下來，想想下一步該怎麼做。」

「韓常瑮到底做錯了什麼！你說啊！」

也許李韓碩是覺得眼前近乎發瘋似的李鹿看起來很不尋常，忍不住悄悄地向後退了幾步。

雖然李韓碩察覺出不對勁而沒有像剛才那樣嘻皮笑臉的，但畢竟他還是成功把人心搞得亂七八糟，因此他看起來似乎挺開心的。

「他到底犯了什麼罪，要以那種方式毀掉一個可憐之人的人生！」

李鹿的內心憤怒到就連他也不知道該從哪件事開始發火，雖然那些傢伙至今為止所做的一切都令人難以置信，但若無其事地說出那一切的李韓碩，他的態度更是令人感到絕望。

那小子似乎沒感受到任何一絲一毫的罪惡感，儘管做出那麼恐怖的事情，也沒有試圖要將其合理化。

韓常環至今為止，都在那種傢伙底下過活，他卻連這種事都不知道……在什麼都不知情的狀況下，將韓常環一個人留在那個充滿惡魔們的地方，獨自步出成永堂。

因為韓常環說想要試著鼓起勇氣，就認為他可以自己破繭而出，以為只要給他機會，他就能成為一隻能飛舞的蝴蝶。

李鹿根本將韓常環所遭遇的那些不幸想得太簡單了。

啊，當如此無知的我要你給我……能把你從趙東製藥救出來的機會時……小環，你當時是抱持著什麼樣的心情呢？

「不對啊，你說的話還真奇怪，若真要說，難道我是自願作為私生子出生的嗎？而你又是盡了多大的努力，才能以皇太子的身分過活？你一出生就是皇子殿下了啊，而韓常琛那小子也是打從一出生就……」

力氣敵不過李鹿的鄭尚醞身體被大力地向旁邊推去，當李韓碩的腹部被大力踢中時，身體尚未恢復的李韓碩甚至連叫都叫不出來，就直接倒在地板上。

因為李鹿不想弄髒手，他便直接一腳踢向了他。

「呃啊啊！」

當李韓碩嚇得打算往床邊爬去時，手背被李鹿大肆狠踩，他終於發出難聽的哀號聲。

「會痛？光是這樣就會痛了？」

「你這個瘋子……咳咳，你是真的想殺人嗎？」

「這麼做，韓常琛會怎麼樣？」

「啊！」

隨之而來的，是彷彿皮開肉綻的恐怖暴打聲。

「殿下！」

在一陣亂踢之下向後倒的鄭尚醞連忙爬起，並將整個身體往李鹿身上撲。

「閃邊，尚醞。」

「不行，殿下。」

也許是因為覺得再這樣下去一定會發生大事，鄭尙醞抓住李鹿的腳並苦苦哀求。

「殿下，您乾脆下令拷問這傢伙吧，我會偷偷找專家來進行系統性的控管，如果您要在您氣消為止之前，都要定期揍這傢伙，我也會照這個模式準備下去。」

李韓碩一臉痛苦地緊抓著自己被揍的臉，看來是韓會長當時朝桌上猛敲的傷口又裂開了。大概是非常痛的關係，李韓碩就那樣躺著，發出讓人不想聽見的沙啞叫聲，一邊啜泣著。

李鹿看著這個光是這樣就痛到覺得快死掉，還滾來滾去不停呻吟的傢伙，心裡不禁感到無言至極。

李韓碩面對自己的痛苦是如此敏感，為什麼就想不到他人的傷痛呢？因為一點皮肉傷而痛得不知道該怎麼辦的人，為什麼能在對韓常瑮做出那種事後，還一副無所謂的樣子？

「不論您下達什麼樣的指令，我都會照您說的去做。請您先冷靜下來，現在更重要的是，我們還沒查明這傢伙說的話到底是不是真的，不要隨便被他挑釁……請您找回理性後再下達吩咐，拜託您了。」

李鹿狠狠地咬了咬嘴唇，血腥味在口中擴散開來。

鄭尙醞說的沒錯，就算在這裡把李韓碩打得半死、打成殘廢，也不會發生任何改變，頂多也只能消消氣罷了。

若是讓那個長期受他欺壓的韓常璟來做這些的話那還說不準，但對象換成李鹿，那就真的只是一點理由都沒有的出氣。

「我們先出去吧，您不是說還要去一趟寢房嗎？」

……是啊，沒錯，李鹿稍將瀏海往後梳起，並用鼻子哼出一聲長氣，用原本抓著髮絲的手碰了碰額頭，接著再慢慢慢慢落下。

而李韓碩則是像是放棄一切，瞥了瞥李鹿在大腿附近晃動的手，然後才像是安心似地展開自己蜷縮的身體。

看來李韓碩確信李鹿不會再繼續對自己施以暴行。

「……真正的理由到底是什麼？」

在李鹿轉身之際，由於李韓碩的樣子實在太令人作嘔，心中的問句就突然冒了出來。

雖然李鹿用憤怒的語氣詢問，但其中也包含了一點請託。

把自己視作怪物的兄長和父親……雖然他們也像是早已忘記當初的理由，僅對他留下盲目的戒備心，至少他們當初是因為Alpha這個理由而疏遠自己，雖然這部分仍令人感到有點不是滋味，但李鹿還是能理解。

所以，包含韓會長在內的他們若有任何一絲的原因，有任何必須要讓韓常璟過上那種人生的理由的話……當然，不論找任何理由，都沒辦法將他們的所作所為正當化，但似乎還是比毫無理由就如此玩弄一個人的答案還要來得好。

「理由？」

「你們應該會有如此玩弄韓常璟的理由……不是嗎？」

當李鹿反問被打得稀巴爛的李韓碩，他便一副像是無言似地笑了笑。

李韓碩用那顫抖上揚的嘴角笑著笑著，後來還笑得連肩膀也顫抖了起來。

「啊啊……我們皇子殿下，咳咳，到現在……都還沒聽懂啊？」

那被打碎的牙齒之間發出的漏風聲音，就像毒蛇吐信一般。

「我說過啦……韓常璟，咳呃……就是那樣，就是為了過那種生活而誕生的。」

直至目前為止仍抱著李鹿雙腿的鄭尚醞，一聽到這句話又突然用力收緊雙手。他很明白，這次李鹿要是又開始痛毆李韓碩，那在對方被打死之前，李鹿是不會收手的。

「……幫他治療。」

李鹿鬆開緊咬到發麻的牙關，沒錯，就算在這裡……把他打得半死，也不會發生任何改變。

「咦？」

「讓他恢復成既健康又乾淨的樣子。」

這樣李鹿才能再做些什麼。看是要再探聽點情報，又或是要將他往死裡打……不論任何事都可以。

「我……我知道了。」

鄭尚醞像是明白李鹿的用意，並點了點頭。

「找值得信賴的人跟在他身邊。」

「我們會好好監視他。」

「至於要怎麼處理這傢伙……我會再稍微想一想，也會用李韓碩這個名字重新調查他的身分，還有……」

「您這是明智的選擇。」

李鹿像是要將自己的手掌撕碎似地大力握緊拳頭，然後慢慢轉身。

隨著李鹿往屋外跨出的每一步步伐，李韓碩的笑聲就如幻聽般地響起，他所流下來的血和口水之類的東西，似乎依舊緊黏著他，讓李鹿不禁回頭看了好幾次。

「殿下，您還好嗎？」

也許是因為鄭尚醞早就下達指示，在附近等待的申尚宮帶著擔心的神色，觀察著李鹿的表情。

「我沒事，我們走吧。」

「可是……」

「我要去一趟寢房。」

申尚宮大概是察覺到李鹿不尋常的臉色，便默默地點了點頭。

「那……要現在叫他嗎？」

雖然申尚宮這句問句省略了主詞，但是所言對象卻很明確，因為感覺要親口道出韓常璟的名字很費力，所以李鹿什麼話也沒說。

「那我叫他去寢房。」

令人感謝的是，申尚宮並沒有再問一次李鹿的意思，直接勤快地按起手機，現在守在韓常璟身邊的人……是金內官嗎？翊衛司和宮人們也許是接到小心別惹李鹿不悅的指示，就算沒有另外下達命令，他們也默默地跟在李鹿身後，保持距離。

「申尚宮，那個啊……」

「是，殿下。」

元德院的專家們努力拼綴的薄石在陽光之下閃閃發亮，就連石頭都如此用心接合精心設計，只為了讓它們儘管被踩在人的腳下，也能散發著如此美麗的光芒。

韓常璟為什麼會落入那種傢伙們的手裡，過著那種生活呢……

「父親也好、兄長也罷……為什麼我什麼都沒做，他們卻這麼討厭我？」

面對李鹿這突如其來的沉重話題，申尚宮嚇得憋住氣息。

「我有時候覺得他們並不是因為我是Alpha的關係而討厭我。他們只是因為討厭我，而將特殊體質視為問題。偶爾……我會有這種感覺……」

這對服侍李鹿的人來說，是如同禁忌般的話題，對當事人李鹿而言也差不多。

再壯大點勢力吧、繼續提升自己的支持率吧、不要默默受害……他也只不過是這樣嘴上說說而已。

但其實李鹿的各種痛苦與悲傷……根本就沒有人開口提過，畢竟就算那麼做，也不會有任何事情得以解決。

「不過我們還是不能做出如此幼稚的事，我要以和他人不同的方式，穩住自己的位子……我是這樣想的，因為這是我能做出的最大復仇。」

李鹿口中的復仇一字讓申尚宮漂亮的眉毛惆悵地下垂。

「但是每當遇到這種沒頭沒腦的……惡毒對待……我就不知道該怎麼做才好。」

「殿下……」

「不過我身上還是有個身為Alpha的藉口。」

我有個會讓父王、太子殿下、提著瓦斯罐抗議的長輩們、世上的人們皺起眉頭並抗拒在外的理由，但韓常璟可不是啊。

「不論如何都不能像那些逼迫我的人一樣，不可以過著那種生活……我一直都是如此安慰著自己的，但是我現在真的不知道該怎麼辦才好，我那樣做是對的嗎？」

李鹿並不是沒有錢，而是現在還沒有任何與自己親近的媒體與願意推他一把的大企業站在他那邊。

這可是個要唆使殺人，連花一百萬都不用到的時代。乾脆就真的把趙東製藥的那群人都殺了？去問問看韓常璟，如果他想那麼做，那就殺了他們吧？

「明明就沒有打算乖乖受死的準備，而且也有想著要反擊……儘管如此，我也想用和那些討厭我的人不同的方式往前進……但這似乎是異想天開，倒不如從小就說著那種殺光他們的瘋言瘋語，這樣他們至少還不會動我。」

沒錯，李韓碩的話也不完全是錯的，就算李鹿將刀吞下肚，他也沒辦法將韓常璟所經歷過的一切公諸於世。

他不能以那種方式利用他人的不幸。下定決心不要活成那種樣子的決心，就像是一股壓力，緊緊勒著李鹿的脖子。

更重要的是……李鹿不想親手將那名昨晚連在睡著的瞬間都望著自己的韓常璟送上斷頭臺。

為了讓趙東製藥跪下認錯，要韓常璟在眾人、鏡頭面前，道出自己所經歷的事情嗎？他怎麼能這麼做？明明說要救韓常璟，那怎麼可以那麼做……

「殿下，我們都是些因為喜歡您那正直的心，而決定要在您身邊守護您的人，我想哲秀……常環也是這麼想的。」

猶豫不決的申尚宮做出了溫暖的安慰。

「復仇，好，我認為因果惡報和懲罰都是明確的善良，不論是對誰都一樣。」

「但我想常環最需要的，應該是殿下所說的那種一如既往的溫暖吧？」

申尚宮輕輕地推了推李鹿的背。

「我們先走吧，我之前一直說，想要幫常環做一些新衣服，這次終於能實現了呢。」

李鹿用手掌壓了壓疲倦的眼角，那些想自我否認的情感不停湧現，本來他以為自己沒有這種負面情感的，現在卻不是了。

除了做新衣服給他、親手為他下廚之外……還有什麼是自己能為他做的嗎？他把話講得那麼大，儘管手上握有一切，但還是想不到任何好方法。

也許當初自己在不知情的狀態下表示會處理自己的情感，要韓常環不要在意，那種裝作溫暖的冷靜態度，反而給韓常環更大的傷害。

雖然想在崇敬他的韓常環面前一直當好人……但連神都不是的他曾說著要救出韓常環，是不是也太過於囂張了呢？

Whispers Through the Willows

第12章

「哇，這些是什麼啊？」

韓常環睜大眼睛，望著掛在牆上的漂亮絲綢。

「因為殿下說要幫你做幾件好衣服，所以我們就到處打聽，緊急帶這些絲綢進來。」

「殿下要幫我做衣服？」

「當然啦，不是殿下，那還會是誰？而且這全部都是他花費私人財產買來的，之後一定要好好跟他道謝，知道嗎？」

設在寢房內的寬敞工作室整體看起來就像一幅畫，五顏六色的絲綢掛在牆上飄揚著，成排的梧桐樹上則是有著包含金絲銀絲在內的各種絲線，還有用來當飾品的各種原礦正散發著光芒等待被挑選。

「你應該知道我個人接受委託的時候，收取的作業費是這個的好幾倍吧？因為殿下讓我隨便喊價，所以我就沒拒絕，馬上喊了高價。」

尹尚宮眨著一邊的眼睛，一邊用捲尺測量正笑著的韓常環身上各處，令人感謝的是，尹尚宮就跟申尚宮一樣，是一名三不五時會送他東西的人。

就算不是衣服或是漂亮的寢具，但在來來往往的過程中，她也會送韓常環一些零食或是玩具之類的東西，是一名令人感恩的人。

「哎呀，還想說你是個皮包骨，結果實際上摸起來，你的骨骼長得很好耶，而且個子也不矮，這些日子以來都隨便看看就給你一些衣服，都沒察覺呢。」

「不，您給我的衣服都很棒呀……」

「棒個頭啦，布料雖然很重要，但是品質更重要，所謂的衣服就是要加上穿起來的姿態才能算得上是真正的完成呢。」

尹尚宮嘖嘖地表示如果哪些部位能再稍微長點肉的話會更好。

「你是因為寄人籬下的關係嗎？怎麼看起來這麼沒有力氣，但御膳房那邊說有讓你好好吃飯啊。」

她那長滿繭及皺紋的手輕輕地摸了韓常環的屁股幾下，尹尚宮似乎說過，看到自己就會想起馬上就要上高中的孫子。

而韓常環理所當然地從未得到祖母這一類的長輩，雖然在人身上使用「得到」這個詞可能會有點奇怪，但是對韓常環而言，家人就是那種概念。

自己活著的期間也許絕對無法到手、無法得到的東西，而他也是在入宮之後才實際看到像尹尚宮這樣年紀大的女性。

「謝謝您……」

當韓常環緩緩說出感謝，並抱向尹尚宮時，尹尚宮呵呵地笑了。

「哎呀，你這個小傢伙，就算對我撒嬌也得不到什麼的啦，要撒嬌就去對殿下撒嬌。」

尹尚宮就像書裡描寫的祖母一樣，只要看到自己，就會想餵自己吃點什麼。儘管她會碎碎念，但只要有任何好東西，哪怕只有一個，也會想給更多的那種暖心的祖母。

入宮前，其中一名研究員就曾擔心過韓常璟在入宮後可能馬上會崩壞。原因在於，因為到目前為止，韓常璟都處於一切資訊受到極度控管的環境之下，所以當他去到外面的世界，什麼小事都可能會成為過度刺激他的要因。

但是他卻小心翼翼邁出這個世界，而這個連花宮有的就只是和平，也許這一切都多虧他遇見了那些從自己想像裡原封不動地跑進現實的好人吧？

多虧了那些不帶任何懷疑，便欣喜地將溫暖分享給自己的連花宮人，韓常璟至今才能完好如初。

「說曹操，曹操到……來了呢。」

尹尚宮喜出望外地望向某處，而韓常璟追隨著尹尚宮的視線探頭望去時，在飄動的五顏六色的絲綢的另一端，看見那張熟悉的臉。

美麗的布料隨風飄揚時，總是面無表情的李鹿臉上揚起了一絲微笑，每當距離越變越近，那輕柔的嘴角和溫柔的眼神也朝他望了過來。

韓常璟踮起腳尖來回踱步，莫名地低下身子與頭，因為太喜歡那一確認自己的存在便開心笑起的眼神，搞得韓常環止不住一直要上揚的嘴角。

「嗯?您是自己來的嗎?」

與只盯著李鹿看的韓常環不同，尹尚宮用著嚴肅的聲音斥責著。

啊啊，仔細一看，殿下身後沒有任何人跟著，站在遠處的翊衛司看起來也僅有一片指甲的大小。

「因為大家都說很忙。」

「我的老天，您怎麼又穿得一副不良少年的樣子?根本就是叫花子嘛!」

「什麼?叫花子?」

「連衣服都不好好扣好，這副樣子不是叫花子是什麼?」

「今天就放我一馬嘛!我剛結束很辛苦的事情，所以才會這樣輕輕鬆鬆地過來。」

因為開心見到李鹿而笑嘻嘻的韓常環……也許是因為感到訝異，所以便歪了歪頭。李鹿的表情就跟平時一樣端莊，稍微散亂的衣著和手上的長菸斗也一如從前，但總覺得好像有哪裡不一樣，該說是他身上散發著至今從未見過的陌生氛圍嗎?

「雖然想著身為專家的尹尚宮一定會將事情處理得很好……但我覺得依照各種用途，都必須各準備一套衣服才行。因為小環現在幾乎說是沒有衣服能穿，啊，顏色方面，總體來說我希望可以華麗一點。」

「小瑮？」

「就是他啊，他不是很像一顆剝好的生栗子嗎？」

「喔，那倒也是，那生活服就用連翹花的顏色好了？徐先生從安東送來的布料，編織得非常漂亮喔。」

韓常瑮直愣愣地望著李鹿和尹尚宮，這時才找到李鹿與平時不一樣的地方，他的眼角似乎有點紅，而且也有點腫。

「應該還要有厚實的棉襖吧，平壤的春天不是也很冷嗎？三月也算是寒冬。」

尹尚宮那記錄著各種細節的手突然停了下來，然後又像是什麼也沒發生似地再次勤快地動作著。

「是啊，之前四月還有下過雪呢。」

韓常瑮這才明白那話語中的意義，春天和三月。儘管到了下一年，迎來春天，儘管過了約定好的三年……殿下似乎並沒有要將他送回趙東製藥的意思。

「對了，刺繡要用什麼才好？」

他是認真的嗎？真的之後也能繼續待在這裡嗎？韓常瑮因為驚嚇而輕張著嘴發呆時，李鹿就像是在等待答覆一樣轉頭看向他。

「呃，嗯？您、您是在問我嗎？」

「那當然，那可是你的衣服。」

李鹿看著掛在牆上的絲綢一邊搖晃，若無其事地說著。

「布料的顏色會很華麗，所以直接省略裝飾好像也不錯。」

李鹿掛在肩上的章服衣袖就像水波似地搖曳起來，看著那在小小的微風，隨著輕巧邁出的步伐而優雅晃動的衣服，韓常環就自然地想起某個東西。

「我……我想要柳樹。」

李鹿像是對那在慌亂之中說出口的話感到驚訝似地歪著頭。

「柳樹？」

「對……啊，我是說如果可以的話啦！其實因為我不知道有什麼是可以……」

象徵著連花宮的景色……若看見他就會自然想起的風景能被繡在衣服上。如果能擁有並穿上那樣的衣服，感覺就算遇到再困難的事情，似乎也能好好克服呢。

「哎呀，小傢伙還真是做出一個困難的要求呢。」

尹尚宮雖然發出嘖嘖聲響，但令人感謝的是，她並沒有說不行。

「那就先從急需的生活用衣和睡衣，以及外出長袍來製作囉。」

尹尚宮比出兩根手指頭，表示柳樹刺繡的工本費要加倍，李鹿開玩笑地嘆著氣表示一切隨尹尚宮的意思。

韓常琛在不知如何是好的同時，也因為掛心一件事而感到疑惑，和尹尚宮一來一往對話著的李鹿看起來明明就跟平常一樣，但是為什麼會這麼⋯⋯

「那麼韓常琛⋯⋯我們就回去吧！別再欺負尹尚宮了。」

「下次請您務必把衣服穿好再出現，您若是再用這種樣子過來找我，我一定會把您趕出去！」

李鹿敷衍地點了點頭，然後將掉下來的瀏海往後梳。

啊，現在終於明白了，仔細一看，韓常琛發現李鹿的眼神真的怪怪的，該說像是被橡皮擦擦過一樣，有種模糊不清的感覺嗎？感覺不是在生氣，像是偷偷躲起來哭過的人一樣⋯⋯

「還有，小傢伙你也是！要好好吃飯，飯要盛得滿滿的，然後全部吃光光，懂了嗎？」

「是、是⋯⋯那我先告辭了。」

韓常琛結束那雜亂無章的問候，他便急急忙忙地跟上轉過身的李鹿。

「那個⋯⋯殿下。」

「嗯。」

「您哪裡不舒服嗎？」

轉過彎後，韓常琛發現尹尚宮被絲綢給遮擋住，便馬上小心翼翼地問道。

「您的臉色看起來很不好⋯⋯啊、不是臉色啦，我、我是說您的容顏⋯⋯」

「唉，算了啦，你不用對我使用那樣的詞彙。」

為了配合韓常瑮的小碎步，李鹿便放慢步伐，也許是因為狀態真的不好，他也只是緊閉著嘴巴什麼也不說。

李鹿這樣的反應讓韓常瑮有點難過，雖然有點吃力，但如果他的心情真的不好，自己是可以像上次那樣，給他滿滿安慰的……

「啊，你應該很冷吧？」

李鹿將披在身上的章服脫下，並披在韓常瑮身上。

「呃，不……這個……」

「你穿著吧，我們週末就要去首爾了，你可不能感冒。」

這……確實是個無法謝絕的理由，萬一他生了病，那殿下努力安排的行程就泡湯了。

韓常瑮交叉雙臂，抓住的章服領子，天氣是真的變冷了，而且天色暗下後，鼻尖也很快開始發涼，看來冬天就要來了，夜晚會快速降臨，會待在暖房裡待到不想起身的季節正大步邁來。

「韓常瑮。」

「是？」

「我今天去了柳永殿。」

「柳永殿？」

「聽說那隻毒蟲的名字叫李韓碩。」

韓常瑮臉上的血色全消，本來還在感嘆季節的更替，結果因為這突然傳來耳裡的名字令人感到衝擊。再加上不是從別人，而是從李鹿口中聽到這個名字。韓常瑮覺得這實在是太不可置信了，搞得他只能張著嘴巴呆愣地望著李鹿。

「殿、殿下……您……您說什麼……」

「要幫你殺了他嗎？」

「……呃？」

「不論是李韓碩也好，韓會長也罷。」

李鹿慢慢地接續話題。

「其實要殺掉一個人，並不是一件難事。」

從他嘴裡吐露出來的字句，根本沒能好好傳向韓常瑮的耳邊，便消散了開來。

他是怎麼知道的？如果他只提到李韓碩這個名字的話，應該只會覺得他默默做了很認真的調查，但是他甚至問了有沒有要殺掉他的意願，那就代表……

「你不用想後續該怎麼處理，只要你恨他恨到無法忍受，又或是想殺光一切，恢復自由之身……不論是任何時候，我都能幫你。」

果然……他一定是知道全部的事情了，韓常環愣愣地望著路口的紅色圍欄，就像那觸及不到自己，便嘩啦啦大肆傾下的詞彙們高聳在那一樣……

「怎麼會……」

韓常環吃力地張開嘴，但還是很難說出一句完整的字句，雖然他本來就不是很會說話了……但這次是真的……

「您……您怎麼會知道？」

「我去柳永殿親口問過他了。」

「呃？」

李韓碩自己說出口的？這……好令人難以理解，就算李韓碩是一名將他的不幸視為樂趣的傢伙，但他本來就因為毒品事件而讓韓會長對他不滿了，現在居然還將這種重大事件全都告訴殿下？

「當然，我當初去找他，其實並沒有期待會挖出什麼情報，到現在也沒能確認李韓碩說的到底是不是真的……更重要的是，我並不是因為想知道你的祕密，才去問他問題的。」

李鹿一屁股地坐上欄杆。

「抱歉我這麼語無倫次，總之，雖然不知道我所聽到的是真是假，但我並不是為了向你追究而提起這件事的……」

「殿下……」

「如果跑去柳永殿表示自己知道真正的韓常璟是誰，我想這事情一定會傳入韓會長耳裡，這可說是一種宣示。」

李鹿用著冷靜的嗓音，慢慢說起他的想法。

「既然在成永堂的時候，就那樣送走韓會長。所以我想，再來刺激他一次，這樣他們也許會更快露出爪牙。」

「總之，你從小就在趙東製藥裡受到韓家的欺負，對吧？回答我這個問題就好，至於具體的內容，我一點也不好奇。」

「這……」

遠處的寢房絲綢失去原本的光彩，正無精打采地搖晃著，到剛才為止彷彿收集到世上所有漂亮的色彩，閃耀著光芒的記憶全部都被一抹而去。

李韓碩到底對殿下說了什麼？哪怕是要做假，想必他一定在殿下面前貶低自己。

不，不對，就算他將如實以告，殿下也許會覺得難以接受，畢竟自己所經歷過的事情，並不屬於普通人的常識能夠理解的範圍內……

「哪怕是現在也好，我幫你殺了他們……」

「但是萬一……」

「儘管只有一點點也好，如果你想報仇的話，如果你想讓他們知道生不如死的人生是什麼樣子的話……」

「我也可以幫你。」

韓常瑔慢慢地抬起頭，李鹿仍然與平常一樣，挺直著姿態，他的那樣子嚴肅得看起來不像是坐在欄杆上，而是坐在寶座上一樣。

「我會讓趙東製藥的一切全部歸你所有。」

「……咦？」

韓常瑔不由自主地發出尖銳的疑惑聲，但這的確是一個不能不弄清楚的問題，什麼？讓什麼歸自己所有？

「當然，雖然光是那麼做也不足以彌補你的傷害。但對那群混帳來說，若是最重要的是那該死的公司，那我可以把它一絲不剩地全部搶來給你，我會嘗試看看的，你覺得呢？」

原本韓常瑔就因為不知道李韓碩到底是怎麼貶低自己而垂喪著頭，現在甚至讓他最為在意的人發現了自己最後的謊言。

但也因為李鹿說的內容漸漸失去真實性……韓常瑔真的不知道到底該從哪裡驚訝才好，要把趙東製藥給自己？這是什麼意思……

「殿下，這……」

「總之，就以法律來說，你是韓會長的親生兒子，而大家也都是如此認知的，依照韓會長的個性，一定會有未來要轉移給子女的財產或是股份之類的。既然韓會長認為你以後絕對不可能持有那些財產，目前歸在你的名下、未來他能奪走的錢一定很多，我們只要從這裡下手就行了。」

李鹿認真地說明這些話並不是無稽之談。

「所以……」

「我……殿下。」

韓常璟不停擦著手中的汗水，而在發現他正弄髒李鹿的章服時，身體便不自覺地顫抖了一下。

「對不起。」

「韓常璟。」

「因、因為我從沒想過那種事，我並不是在裝乖，只是……」

韓常璟氣喘吁吁地做出答覆，此刻他的氣息完全無法平復，就像一名在水中溺水，好不容易才抬起頭的人一樣。

「我……我只要想起在那發生過的事……舌頭就會打結，而且還會覺得馬上就會發生大事似地感到恐懼……因為感覺自己好像馬上就會被抓走……」

「因為我……已經接受、這種訓練……很久……很久了……所以我……」

就像韓常環之前說的一樣，沒有足夠的勇氣，自己人生就是這樣被洗腦的。

因為他相信李鹿會在他的面前保護自己，所以當初才能背對著韓代表轉身離去，而那也是他目前能鼓起的最大勇氣及反抗。

「但是……如果能給我一點點機會，在殿下遇到其他更好的人為止，能讓我留在宮裡的任何一處的話……這樣我就滿足了……」

聽著韓常環說話的李鹿發出了一聲「什麼?等等」打斷了句子。

從他挑起一邊的眉毛來看，似乎是對剛才聽見的話感到不滿。

「其他更好的人?」

「嗯?對……」

「怎麼會突然說到什麼其他更好的人?」

韓常環快速地眨了眨眼，剛才有……說錯話嗎?啊啊，畢竟是未來會成為王妃的人，所以是不是應該用更恭敬的表現方法才對?

「韓常環，你現在到底想說什麼?」

「當然是……和李韓碩……反正以我的名字所進行的婚事以後也會取消……就算多虧您的幫助，我能夠幸運地離開趙東製藥，但殿下您遲早有一天……」

「還是要跟其他人交往並結婚？」

「應……應該是吧？」

「所以，就算跟我有了關係，你也對我不抱有任何期待？你光是跟我做愛就覺得滿足了？」

「那……那當然……」

「哈……當然？」

這不是理所當然的嗎？就算對他再怎麼好，兩人也不過是短暫的緣分……而他就算再怎麼學識不足，可也沒有傻到那種地步。

鄭尚醞要他有自知之明的冰冷斥責雖然令人感到難過，但說得一點也沒錯。

「啊，當然，我知道是因為殿下您是好人，所以才會對我這麼好……」

「什麼？」

李鹿突然站起來，感覺就像是再也聽不下去了，臉上愁眉苦臉。

「不，韓常璪，不是那樣的。」

「……咦？」

「我對每件事都會莫名努力……沒錯，這點我承認，但這世上哪有會對自己不喜歡的人努力到這種程度的瘋子？」

李鹿那望向自己的眼睛實在是真摯無比。

「殿、殿下？這是什麼意思……」

「當我第一次在柳永殿發現你的時候……是因為好奇李韓碩為什麼要帶你入宮，才會試著跟你搭話。而確實，我當時在遇到你時，就覺得如果好好認識你的話，以後對我一定會有所幫助，但是……因為發生許多意想不到的事情，讓我感覺你既令人心痛又可憐。而且你似乎又有很多沒嘗試過的事情，所以就想著反正那些事情也不難，那就跟我一起體驗看看……」

「所以那一切終、終究是因為我很可憐……」

「沒錯，同情、憐憫……你說的沒錯，我現在也因為覺得你可憐到心痛得要死。」

但是……李鹿停了下來，就像是知道呆愣張著嘴的韓常環會說出什麼令人煩悶的回覆。

「感到心痛的同時，也覺得你的反應很有趣，而且也挺可愛的，雖然我從沒跟任何人認真交往過，但還是有過幾段短暫的感情，所以才會進展這麼快。如果你是覺得我怎麼這麼快就跟你發生關係的話……」

李鹿連續抹了抹臉，看起來似乎有點虛脫。

「從沒想過在講那種恐怖的事情講到一半，會得突然跟你說明起這些事……」

「啊……抱歉。」

「不、不，不是說過不可以在我面前再說那種話了嗎？」

李鹿皺起眉頭，那是個和平常不同，失去了從容，看起來一點也不端莊的表情。

「是啊，老實說，如果現在問我是不是想賭上一切，與你認真交往，又或是以後要讓你的名字和我一起被刻在宗廟，這我目前還不是很清楚。」

「但儘管如此，我對你也並不是抱持著隨便的態度，也從沒想過既然我們遲早有一天會分開，在那之前就盡情做愛就好。」

大步邁來的李鹿緊抓住韓常瑮的肩膀，將垂垂欲墜的章服重新披上肩膀的大手充滿了力量。

「雖然要說是告白，聽起來挺爛的，但乾脆就趁現在，先從這部分開始搞清楚吧。」

「殿、殿下……」

「我可是把你想成我的戀人耶，難道不是嗎？」

「戀……」

戀人？怎……怎麼會……

韓常瑮嘴裡不停反覆嘀咕著那句話，戀人、戀人、戀人……現在突然就變成壞掉的機器一樣，腦袋停止一切的思考，僅被那唯一的詞彙占據了腦海。

「沒錯，戀人。」

「可是這樣不是很……奇怪嗎？這種事……」

在驚訝不已的狀態下，疑問甚至沒經過大腦就直接脫口而出，不過與其說是疑問……那更像是埋怨的語調。

「奇怪？」

「當然啦！戀人不是……互相喜歡的人所用的詞彙嗎？那種話……我……」

韓常璟的耳邊響起的嗓音聽來好陌生，那發出聲音的雙唇也令人感到莫名尷尬。

韓常璟的手幾乎像是要抓破皮膚一般用力緊抓另一手的手背，要忍住這清晰的不現實感實在是太困難了。

他有一種要是再繼續愣下去，全身器官就會支離破碎的感覺，所以才會想用這種方法來確認，現在不是在作夢，而是真的發生在自己面前的事實……

「那你不喜歡我嗎？」

「不，我喜歡……我喜歡您！」

他喜不喜歡殿下？喜歡到難以用簡單的一句「喜歡」來形容了。

感覺可以為殿下奉獻自己的身心、可以一整天讚頌他，想跟他變得相似、也很渴望能夠得到他。

每當韓常璟想起李鹿時，腳尖就會難耐發癢，然後心口下方就會變得炙熱，接著就會覺得內心的情感五味雜陳，心臟噗通噗通大力跳到令人懷疑自己的心臟是否會當場爆掉……最後茫然地想哭。

今天早上也是如此，李鹿推薦的書是也會出現在教科書上的知名小說，盯著那扣人心弦的字句，接著將書的頁端摺起後觀望了好一陣子，那些滲入心底的話、刻骨銘心的話、令人焦心的話……因為那一切用來描述主角的字字句句，看起來都像是在講自己的故事。

「我對殿下……根本就無法……無法用言語說明，我的心……」

「沒錯，我也是。」

李鹿低著頭，調整了與韓常瑮之間的視線，覆上臉頰的手部動作無比謹慎，讓人有種真的成了尊貴之人的感覺。

「我想其他人大概也是因為無法用一句話來形容這樣的心情，所以才會創造出『喜歡』這個詞吧？」

他的眼睛繼續盯著自己，說了一聲「哎呀」，並且笑了笑，帥氣的眉峰彎起來的感覺似乎也帶有一絲的困擾。

「你又哭啦？」

李鹿用拇指輕輕按壓韓常瑮變得灼熱的眼角，而不停強忍的淚珠也同時順著臉頰滴滴落下。

「抱歉，每次都這樣……」

如果又在這裡哭了起來，一定會讓殿下感到困擾，儘管知道這些，卻還是止不住淚水，因為觸碰著隨著抽泣而抖動的肩膀所帶來的體溫，搞得韓常璟變得不自量力地想撒嬌。

「嗚呃……殿……下……」

「常璟，以你的立場來說……你一定會覺得我忘記給你一個充分的說明，而且還自己一個人想著想著，就說出了令人驚訝的言論了吧？」

韓常璟用柔軟的衣袖將積在眼角的淚水抹去，看到那漂亮的布料留下難看的淚痕，心裡真是過意不去，而且……

「別哭。」

在韓常璟近距離清楚看到李鹿的臉和眼睛後，心中才得到確信，也許是因為疲倦而變得慘白的肌膚以及至今仍充滿血絲的眼睛，還有泛紅的眼角，絕對錯不了……

「……殿下。」

「嗯。」

「請問您……是不是也哭了？」

「為什麼……要哭？」

「難道是因、因為……我嗎？」

韓常瑮連話都沒說完，便為了忍住自己那副難堪的臉而咬緊牙關，儘管如此還是忍不住癟了嘴，下巴也跟著顫抖。

其實韓常瑮能夠輕易地預測得到李韓碩究竟把他形容得有多麼齷齪，但殿下怎能在聽了那種事情之後，沒有氣到覺得自己很骯髒……居然還為了自己而流淚？他到底算什麼、算哪根蔥啊……

「常瑮。」

席捲而來的情感實在是太過龐大，讓人難以承受，當身體不自覺地感到天旋地轉之時，李鹿急忙地喊了他的名字。

「小瑮。」

在韓常瑮動彈不得的狀況下李鹿對上視線，身體就不由自主地顫抖。

「一句戀人、一句喜歡，都讓你覺得沒有真實感，但是當我說因為你而難過地哭了，你就相信我是真心的了？」

李鹿一邊說「哇，韓常瑮，你還真壞」一邊輕輕地戳著韓常瑮的臉頰，這種感覺就像是有個看不見的槌子，恣意敲打著體內，故障的心臟噗通噗通地跳著。

韓常瑮前後搖晃著頭部，勉強地嚥下哽咽的淚水，才勉強地將疲憊的嗓音發出。

「我……殿下。」

「嗯。」

「雖然您應該也知道……我至今為止……都不曾擁有過任何東西。」

「當然，這件事就像作夢一樣，我真的很開心……開心到不知道能用什麼話來說明，我想殿下大概絕對不會知道，我……現在有多麼……」

韓常環將零星散亂的字句從口中吐出，雖然努力地忍住，但還是藏不住哽咽。

「但……但是，因為我知道這反正不會是我的，所以我不想……將期待……放在一個以後會消失的東西上。」

更重要的是韓常環根本就沒臉這麼做，據說李鹿在得知他才是真正的韓常環後，曾感到非常慌張。

既然是鄭尙醞說的，那鐵定不會錯。他說殿下在經歷失望、懷疑、難過後……也還是下定決心要對他溫柔，光是殿下當時沒將他趕出去或是送回韓家，就等於是給了他一輩子都報答不了的恩惠了。

更重要的是，在童話故事裡，那些能站在王子殿下身旁的人，都是與其地位相同的尊貴之人，才不是像他這種被人工打造出的奇怪男妓，雖然李鹿很討厭也不准韓常環如此貶低自己……但那些話也沒有錯啊。

「不用想到未來的事情也沒關係，畢竟不會有人把分手當作前提而開始交往的。」

李鹿彎曲的食指輕輕拂過額頭。

「還有，如果要論情感的速度和順序……我覺得我們兩個已經算是非常親近了。」

「如果你認為我至今所說的一切都太過遙遠、太過龐大，甚至是雜亂無章……那我們就從現在好好地重新開始。」

李鹿緊盯著韓常環的眼神中，不帶有絲毫的動搖。儘管韓常環氣喘吁吁的樣子看起來不是那麼的美好，李鹿仍像是無所謂似的，嗯……應該說像是未來也不會介意任何事似的，維持著堅定的眼神。

「在擊倒那些折磨你的人後，不論你想去哪裡，我都會替你實現願望。」

「都下決心到這種程度了，你應該也差不多該相信我了吧？」

「我真的很喜歡你，常環。」

李鹿語畢之前，韓常環就低下了頭。

本來以為已經平靜下來的淚水啪啦啪啦地落在石頭路上，精心栽種的樹木所散發的清爽木質香朝溼潤的臉頰撲來，向兩人吹來的微風、他的嗓音……對自己來說都太過美好，實在是無法就這樣抬起頭來。

「我剛才聽那傢伙說的話真的很傷心，而且也想到了那些欺負我，說我是突變種的人。」

李鹿一邊用手背揉著自己的鼻梁，一邊表示他也因此痛扁了李韓碩一頓。

「所以啊，小瑔，這次也好好安慰我吧！」

李鹿向後退了幾步，並敞開雙臂，就像是在要對方擁抱自己一樣。

韓常瑔現在終於明白開心到會令人想死的感覺到底是什麼了，沉浸在那漫長的告白之中的四肢無力地顫抖，不過幾個步伐就能觸碰到的距離，現在感覺卻遙遠得好似永恆。

韓常瑔努力朝自己感覺就像馬上會摔倒、顫抖著的雙腿發力，一步、兩步地向前走去。

他大概移動了半步吧？儘管只是小小的動作，披在肩上的章服就啪的一聲落在地板上，那聲音像是成為某種信號，讓李鹿朝向自己，伸出更長的手。

那就像在說這樣就行了、已經知道他做出了努力的體溫包覆住自己，就像在說他已經鼓起了如此大的勇氣，剩下的他會自己看著辦。

韓常瑔能感受到李鹿的溫柔的堅定擁抱。

「你說過你這輩子從沒擁有過什麼，對吧？其實我也是。」

李鹿位處與韓常瑔相反的位置，皇子站在韓常瑔眼見最耀眼之處，輕輕地說道。

「所以從現在起，我們就將一切緊握在自己手裡吧，不要錯過任何一件事，把一切都得到手吧。」

韓常環無力眨著眼睛，接著瞪大雙眼。難道李鹿是聽見他被淚水浸溼的睫毛顫抖的聲音嗎？李鹿抱著自己的手逐漸用力了起來。

「嗯。」

「我、呃、我……」

韓常環悲傷的雙唇間，一直流出壓抑的哽咽聲。

「我也……喜、歡……殿、殿下……呃。」

「嗯，我知道。」

我也喜歡你。

這短短的一句話是多麼地艱辛困難，韓常環輕輕地點了點那觸及自己頭頂的下巴。

「嗯，我都知道。」李鹿低沉的嗓音浸溼了全身，韓常環舉起顫抖的手並放上他的背。

如同連花宮的所有地方一樣，在精緻打造的寢房庭院的另一頭，精巧編織的絲綢輕輕地晃動著，那是怎樣的紋路、什麼的顏色……那些事情對現在的韓常環來說一點也不重要，給予甜美得彷彿要將自己粉碎般擁抱的殿下也說過一點都不會介意他的狼狽。

而且，因為這名唯一一個發現他好不容易鼓起了勇氣，賭上了一切只為了說出一句喜歡的人，也曾真心地向自己告白。

韓常璟緊張地環顧四周，終於到了週末，也是要走向……飛向有廣惠院在的首爾的日子，從殿下說自己是他的戀人、說喜歡自己，也已經過了好幾天了。

「怎麼了？」

當那不久前還沉浸於感激與幸福的臉蛋開始出現一絲的恐懼，李鹿便擔心地望向了韓常璟所坐的方向。

「哪裡不舒服嗎？」

「啊……因為這是我第一次搭飛機……」

韓常璟因各種無謂的擔心而靜不下來。

所以現在真的飛在天上？真的穿越雲層，正前往首爾？天啊，光是車子在路上跑就夠令人感到神奇了，現在甚至還有飛機這種東西？這又沉重又巨大的東西，到底是怎麼浮在空中的？

雖然昨晚李鹿有稍微簡單地解釋其中的原理，但還是沒能消除韓常璟心中的擔憂。

要是掉下去那該怎麼辦？雖然李鹿說要介紹飛機內部給自己看，但他卻嚇得拒絕李鹿。要是因為他在機內走動而增加飛機的負荷，那可怎麼辦……

「別擔心，飛機是失事率最小的交通工具呢。」

「但如果出事，活命率可說是直接歸零，大概連屍體都會很難找到吧！」

「啊，尙醞！」

當韓常璟因為鄭尙醞刻意的補充說明，而嚇得臉色發白時，李鹿便大聲喝斥著。

「幹麼？我有說錯嗎？反正要是出事了，就真的都會死啊。」

「吼，你怎麼一直故意鬧一名會害怕的孩子啦！」

「還孩子咧……」

「你說什麼？」

細細瞇起眼來的鄭尙醞馬上嚴肅地搖了搖頭，一邊不屑地咋了咋舌。

這話看似說得理所當然，但他似乎已經察覺到李鹿與韓常璟之間的微妙氛圍了，他並沒有仔細追究，但是打從出發開始，鄭尙醞就看起來很不高興。

雖然李鹿生氣地吼了鄭尙醞，但韓常璟卻對鄭尙醞的行為不以為意，因為以鄭尙醞的立場而言，一直都期望自己所服侍的的皇子殿下能和一個完美無瑕的人來往，而現在這個感覺，不就像是突然被一無所有的傻子搶走了尊貴之人嗎？

如果他是一名誕生於普通家庭的Omega，鄭尙醞應該也不會反對到這種地步……雖然光是一天之內，就讓他不爽了好幾次，但韓常璟仍決定努力不去想那些靠自己的努力也無法改變的事情。

因為殿下……也就是他這輩子第一次擁有的戀人說過，現在還不需要為那些尚未發生的事情而感到痛苦。

「不是每架飛機都長這樣的。」

李鹿穿越隔板，握住韓常瑮的手。

「也有能再更靠緊一點的小座位，也有比這個小一點，但舒適恰當的座位。這臺因為是皇室專機，所以才會看起來有點莊嚴，也有機種是設計成給人比較溫暖感覺的。」

李鹿一邊說明這架飛機可能會給人稍微害怕的感覺，然後用他溫柔的體溫輕拍著韓常瑮的手背。

「您應該要馬上告訴他啊，人生第一次搭乘的飛機就是皇室專機，這樣以後還會把一般經濟艙看在眼裡嗎？」

「好了啦，鄭尚醞，你去拿點吃的過來。」

「這種事情為什麼要叫我去做？」

「啊，那如果有人在裡面下毒的話，那該怎麼辦?你去試吃一下也好啊！」

在李鹿不像話的固執之下，鄭尚醞撐大鼻孔，而韓常瑮則在感到稍微放鬆後悄悄地露出微笑。

當然，面對鄭尚醞那快如閃電的眼神，還是得重新低下頭……

令人難以置信的那天之後，儘管確認了彼此的心意，但其實兩人之間也沒有發生什麼變化。

韓常琛一樣待在廂房裡，讀著那些李鹿要自己讀的書、解著試題，然後跟著那些李鹿所信任的人，在正清殿裡簡單地散個步，雖然陪伴他的幾乎都是申尚宮，但有時候也會是金內官。

其實不論是誰來，韓常琛都覺得很開心，雖然外頭的空氣很好，但李鹿那彷彿更加信任自己的感覺，讓韓常琛十分開心。

當初在搬移住處的時候，明明就規定他只能待在廂房或寢殿裡的，還說過暫時不准掃葉子、撿葉子……但現在卻允許他在有他人陪同的情況下，去做這些自己原本從事的小事情。

啊……現在想想，有可能是因為得到有關於李韓碩的資訊，所以才有這種改變。

但是，不論怎樣都無所謂，在外頭吹吹風、吃完好吃的餐點，坐在書桌前昏昏欲睡的時候，不知何時登場的李鹿，就會用那雙大手輕撫著自己的後頸。

那是一種無法用言語說明的感覺，沾附著滿滿外頭世界冷風的手指明明就很冰冷，但另一方面也將李鹿原本的溫暖體溫原封不動地傳遞過來。

每到那時候，汗毛就會打起冷顫，讓人感到莫名緊張……

「……喔？」

雖然有奇妙的緊張感……韓常瑮想到這裡，就突然想起了某事，而左右歪了歪頭。

「怎麼了？」

「沒、沒什麼。」

仔細想想……這還真是奇怪，為什麼最近一點反應都沒有？

韓常瑮將視線稍微向下，觀察著自己的腹部下方，然後一邊察言觀色、一邊偷瞄著李鹿的臉，再看看被他緊抓住的手……接著再次瞥向自己的身體。

之前光是李鹿喊自己的名字，下面就能勃起得相當厲害，但當聽見李鹿對自己的告白仍然不為所動的身體，讓他覺得有些奇怪。

在韓常瑮搬進正清殿後就接到了停止用藥的指示，注射藥物、拿東西去撐大自己的洞、撐開洞後讓藥水流進內壁，距離上次做這些事情到現在，似乎也已經過了很長一段時間了，這是不是代表他的身體迎來第一次的休止期？

當然，過去並不是沒有做過防範這種情況的實驗，但當時是在刻意的情況下執行，而且還是在研究所內……這次是真的屬於突發狀況，他應該不可能只因為休息了一陣子，就變回普通人吧？

當然，如果真是那樣，對自己來說當然是好事……

「喔，快要到了。」

李鹿一邊伸著懶腰，一邊指著設置於前方的畫面，從平壤開始閃爍的點幾乎來到首爾附近。

好險李鹿似乎認為他的舉動是因為第一次搭飛機而感到緊張。

韓常璟搓著手指，並望向窗戶的另一端，飄浮於青藍色天空之上的雲朵消失，印入眼簾的是繁華的都市，接著在某個瞬間，那些好似玩具的建築就像是被按下放大鈕一樣，開始迅速壯大。

因為封場的關係，刻有木槿花和鳳凰的皇室專機滑順地降落在一個人也沒有的首爾機場。

「怎麼了？」

「沒事……」

韓常璟害羞地答道，並用兩手的食指將衣帶扭成一團。

「好像不是沒事耶？」

李鹿輕輕地笑了笑，並用手背拍打另一側的袖口，整了整衣服。

韓常璟沒能繼續偷看李鹿，而是將視線向下，雖然感覺很平靜，但那緊閉的嘴角、挺直的腰和高高抬起的頭，以及稍微翹起的下巴和從容自在的眼神……那一切的樣子都讓韓常瑮的心往從未感受過的方向跳動。

「忠誠。」

一旁待機的軍人們一絲不亂地舉手敬禮，一進入機場內部，從入口到尾端都以相同間距設置著太極旗和象徵皇室的圖樣。

李鹿每跨出一步，好似以風製成的布料就隨之飄揚，軍人和翊衛司侍衛們在他身後保持著準確的距離，形成長長的隊伍，而李鹿則像是對這一切感到不以為意似的，面無表情地走著。

基本上，當韓常瑮跟李鹿在一起，就會有一種要融化在他的溫柔裡的感覺、或是因為感動而想哭……不然就是有種淫亂不堪的心情。

但是……現在這種感覺是他過去不曾有過的，執行公務中的另一半實在是太帥氣了，搞得他的心臟小鹿亂撞個不停。

「韓常瑮。」

「是？」

在一旁踩著如風暴般步伐的鄭尙醞在嘴巴幾乎沒有動作的狀態下，喊了韓常瑮的名字。

「拜託你別再笑了。」

可以清楚地聽見他的聲音，但是他的嘴巴卻幾乎沒有動，真是太神奇了。

「我、我嗎？」

「不是你，那還會是誰？還是你要等之後在記者們面前也笑得像變態一樣，然後被拍下照片後再來後悔？」

「哇，講話速度真快！」正在感嘆鄭尙醞講話速度之快的韓常璟，直到看見他那斜眼一瞪的恐怖表情後，這才尷尬地悄悄收起笑容。

像變態？自己有笑成那種樣子嗎？

韓常璟因為懷疑而稍微將視線往玻璃窗一瞥……呃嗯……圓滾滾的臉頰和呈現半圓形的嘴型，確實連在遠處也看得相當清楚。

他再次快速地低下頭，並加快腳步，好跟上鄭尙醞的步伐。

來到了漫長路途的盡頭，印有木槿花的專用豪華轎車的門早已開啟，早已在一旁等待的軍人和翊衛司侍衛們再次整齊地向李鹿敬禮。

「參見李皇子。」

「辛苦了，馬上前往廣惠院吧。」

「遵命。」

李鹿輕柔地點了點頭，然後上車。

被那寬大的肩膀迷得神昏顛倒的韓常璟直到鄭尙醞又用斜眼怒瞪的眼神看向自己後，

這才明白此刻輪到他了。在韓常琛彎著腰坐上車子的時候，同時也覺得有點委屈，根本沒有人教他這些啊……

「那個……可是殿下……我可以現在上車嗎？」

韓常琛現在穿著詩經院的內官們的主要穿著，任誰看了也知道自己的順序鐵定是最後一個。

「是不是應該讓鄭尙醞大人……」

「唉，我不要，是我不要。」

鄭尙醞剛坐上副駕駛座，刻薄地表示他不想坐在殿下旁邊。

「沒關係的，大家應該都不怎麼介意吧。」

李鹿代替心中滿是不悅的鄭尙醞，做出溫柔的答覆。

「真的嗎？」

「那當然，其他人應該會想說，想必是因為有什麼理由吧！不過侍衛們平常的工作就夠忙了，沒有空管這麼多。」

李鹿揉了揉僵硬的脖子，並伸了一個大大的懶腰，同時還悄悄地將手放上韓常琛的肩膀上，直到他聽見鄭尙醞一句「我的天啊，您真的瘋啦？殿下」，才嚇得拿開手。

「什麼啊！你怎麼會發現？」

「嗯？您該不會是很認真地在問這個問題吧？側視鏡可不是裝飾品啊。」

「啊啊……對喔。」

鄭尙醞向後看的同時，還沒好氣地喊了聲：「殿下，」

「您若不是想昭告天下說您跟那個人在談戀愛的話，就拜託您顧及一下體面。」

聽到談戀愛一詞，李鹿輕輕地笑著並聳了聳肩，而韓常瑮一樣也感到一陣尷尬。

真是太神奇了，就算在宮內與李鹿相遇、兜風去綾羅島，或是兩人纏綿的時候，鄭尙醞從來都不曾在自己面前使用「戀愛」一詞。

他頂多是用床伴、砲友……之類的描述方式，但是在收到那令人感動的告白後……他到底是怎麼知道這一切的呢？

當心意相通、承認你我之間的關係是戀愛關係之後……其他人也會感受到嗎？在他人眼中……我們真的散發著那種氛圍嗎？

韓常瑮緊張得抓起衣角，然後又壓了壓自己的臉頰。同時，豪華轎車兩側的摩托車發出具威嚇性的聲響並緩緩駛動，前後的侍衛們以上車的地方為起點開始移動，首爾機場的門也大大地敞開了起來。

而映入眼簾的，正是會使人忘卻剛才的害羞，讓人心情舒暢的景色。

「哇……那些人一定做了很多練習吧……」

駕駛著摩托車的侍衛們的藏青色貼裡和朱笠上的藍色裝飾以相同的方向及角度飄揚著，雖然這應該不是透過練習就能完美做好的，但至少能隔著一定的間距前行，並以相同的速度馳乘，一定是因為經歷了相當的鐵血訓練才有辦法做到的。

「因為是經首爾機場進來的，所以皇室確實有再多派些人來，不過當用火車或直升機移動時，人其實不會多到這種程度，另一方面也是因為這裡有空軍基地。」

「這樣啊……」

「當然，依照事情的輕重緩急，有時候也會搞得更盛大。」

「哇……」

「真是的，到底是覺得我帥？還是覺得這樣的儀式很帥？」

「那、那當然是……」

當韓常瑮一邊觀察鄭尚醞的臉色，一邊支支吾吾地開口時，李鹿便突然湊近，並以溫柔的嗓音「嗯」了一聲，那距離近到能感受到他溫暖的氣息坐落在自己的人中。

「那個，殿下……」

韓常瑮像烏龜一樣縮緊脖子，並不停地左右張望。

「幹麼？尚醞不是也說我們是在談戀愛嗎？」

也許是因為那句話令李鹿開心不已，他露出微笑，接著輕輕地將帥氣的雙唇落在韓常璟的額頭和鼻梁，那是一個連啾聲都聽不見的輕柔一吻。

「等等到了廣惠院，你不會跟我一起下車，而是會跟鄭尙醞一起往停車場移動。」

「那我要一直待在車裡囉？」

「嗯，然後等鄭尙醞示意要下車的時候，你再跟他一起出去就行了，不會有人去叫你做任何事，你一定要好好跟著鄭尙醞。」

「是。」

「如果是我就算了，但就算是其他你認識的人說要帶你一起去哪裡，你都不可以跟去，知道了嗎？」

韓常璟乖乖地點了點頭之後，李鹿就像是在稱讚他似的，將從衣袖裡拿出來的東西放進他的嘴裡。

那是將柿子乾裝飾成花朵，並用果糖包裹的米餅。

「喔喔，可是……」

開心地咀嚼著口中佳餚的韓常璟突然想起了某事，便快速地揮了揮手。

「殿下，那位子……」

先上車的李鹿坐在比自己還要更裡面的位子，若依照原本的規定，應該是鄭尙醞要坐在自己的位子，然後最先下車並保護殿下才對。

但是殿下現在卻要自己在車裡待到直至停車場為止，那就表示他應該會在大廳下車，若他從他現在坐的位子下車再轉一圈，樣子確實有點奇怪，這樣沒問題嗎？這個順序……這樣車子不會看起來像是故障了嗎？

「這哪有什麼？這樣做就行啦。」

「啊，殿下！」

李鹿一邊表示沒問題，一邊環住韓常環的腰，接著「嘿咻」一聲，讓韓常環坐上他的膝蓋上。

這一切的發生只不過就在一瞬間。

「這樣就可以了吧？」

雖然能這樣快速交換座位是很好啦……但是那攬住自己腰間的手似乎沒有要離開的意思，而他也依舊坐在李鹿的膝上。

「殿下……」

「仔細想想，我們一起去兜風，一起去綾羅島，也不過就一次而已，對吧？」

「喔，是……但是殿下，這……」

當尷尬的韓常環一晃動身體，李鹿才將他放在了自己旁邊的位子，過程中因為李鹿輕輕搔了搔韓常環的側腰，還差點讓讓韓常環大笑出聲。

「您怎麼老是這樣……」

「當然是因為看你可愛啊。」

李鹿在耳邊低語的每個瞬間，都讓韓常瑮的身體癢得一顫一顫的，雖然不曉得到底是因為真的覺得癢，或是因為殿下像個孩子一樣開玩笑，才讓他的心覺得甜滋滋的……

「我拍攝結束就會過去找你，你好好接受檢查。」

「一般來說大概會花多少時間？」

「這個嘛……因為只說要上傳到SNS……所以大概會花一個半小時左右吧！」

「呃？要把那麼長的拍攝縮成一分鐘？」

「比一分鐘還短，大概是三十秒吧？還有……」

他將雙唇附上了耳邊，並表示如果鄭尚醞太欺負人的話就儘管說，接著是「啵」的一聲，響亮如泡泡糖爆炸的輕輕一吻。

「好了，您若繼續這樣，我們兩個都會被鄭尚醞大人罵的。」

「那又怎樣？我又不是說要在車裡跟你做愛。」

「殿、殿下！」

「這麼一說，我還真沒想到耶。」

李鹿像是故意似地壓低嗓門，繼續追問韓常瑮有沒有意願下次在車裡試試看，而當韓常環打著哆嗦將李鹿推開時，他便用那穩如泰山的肩膀擋住，說著「在你親我之前，門都沒有」。

「這裡也要。」

韓常環好不容易吻上李鹿的臉頰，李鹿便肆無忌憚地用手指指著自己的各處，讓這像是要將對方融化的吻一直接續著，直到鄭尚醞終於忍不住當場發飆為止，一直一直持續著。

「嗯……」

盯著螢幕看的醫生說不出話來，而在一旁看著的廣惠院院長大叔也是，那是掩藏著許多話語，令人感到不自在的沉默。

「……這狀態還真難懂。」

因為對方費盡心思吐出的話語是自己早就明白的結果，因此韓常環便尷尬地笑了笑。

檢查結果就如他所預期的，沒什麼特別的，在為了血檢而抽了血、並經歷基本的問診之後，便馬上進行了腦部MRI和MRA的攝影，而現在正在進行的是甲狀腺及腹部超音波的檢查，也許等差不多要進行神經系統檢查時，李鹿就會到了吧？

「其實殿下並沒有詳細說明，只說想知道在趙東製藥飽受虐待的朋友是否健康……但從現在的狀態來看……嗯……」

「檢查結果很正常吧？」

當韓常環帶著燦爛的笑容回答，檢查醫師便一臉慌張地發出猶豫的「嗯嗯」聲。

這是早就預想到的結果，因為過去就是怕會弄壞身體，而讓新藥的測試變得困難，所以自己總是反覆不停接受各種檢查，而結果也非常明顯，表面上看起來沒有任何問題，只有在性方面的反應稍微有點奇怪罷了……

「不，什麼正常，是非常奇怪。」

聽見醫生的回答後，韓常環驚訝地瞪大雙眼。

「咦？我很奇……奇怪？」

「看到這個了嗎？」

醫生像是不知道該怎麼解釋似的，用著一副難堪的表情指了指螢幕。

「一般男性的身體裡，總之就是這裡如果有任何一點這個腺體的話，那確認為Omega的機率就很高。」

韓常環抬起頭，望向醫生所指的畫面，而當他搞不清楚醫生到底在說哪個的時候，一旁板著嚴肅表情的廣惠院院長便用手敲了敲螢幕，這時才看見畫面上有好幾個小小的、像是圓球的東西。

「那、那意思是我是……Omega嗎？」

韓常瓅此時的心臟開始大力地跳動了起來，自己真的變成Omega了，看來研究員們不停餵食自己吃下的藥物終於看見效果了。

如果要待在殿下身邊……這樣……是不是反而比較好？到底自己是Omega，又或不是Omega，哪個才能幫上殿下呢？

「不是。」

「咦？不……不是？」

醫生帶著沉重的表情搖了搖頭，而他看到醫生那像是在說現在這個情況令人難以置信似的，推了好幾次眼鏡的樣子，韓常瓅也開始害怕了。

「如果荷爾蒙的腺體只有一個的話，那我們就會判定你是Omega，然後馬上再次為你進行特殊體質的檢測。」

「如果只有一個的話……您說這話的意思……就是……」

「看到了嗎？你身體裡有三個腺體，不，應該說目前能確定的有三個，然後你再看看這個。」

醫生在快要乾掉的腹部再次塗上了凝膠，並用儀器左右移動。

「還能看見幾個型態不明確的，從那好像正在生長出來的腺體和形態來看，讓我懷疑這是否也是荷爾蒙腺體。」

韓常瑮一句話都說不出來，只是緊盯著黑白螢幕。這到底是什麼意思？就連天生的Omega也只有一個腺體……但是自己的身體裡為什麼至少有三個？

雖然後來更改過目標，但趙東製藥最初確實是竭盡所能地想把自己變成Omega，如果知道會有這種副作用的話，趙東製藥是不會不採取任何行動的。

「還有……」

正當醫生似乎要補充說明什麼時，外頭響起了小心翼翼的敲門聲，廣惠院院長慢慢地起身並握住門把，看起來是在猜測來訪的人是誰。

「哎呀，檢查正在進行中，不可以這樣突然起身。」

「那、那個……醫生，很抱歉，這不能……之後再做嗎？」

韓常瑮板著慘白的臉蛋輕輕地搖了搖頭。

「嗯？這是什麼意思……啊，李皇子殿下。」

「沒關係，您請坐。」

為了回應韓常瑮而緩慢起身時，李鹿便像是在說著沒關係似地搖了搖手。

「拍攝比預期中的還快結束。」

雖然這似乎是說給廣惠院院長聽的，但是他那溫柔的視線卻固定在自己的身上，李鹿似乎認為韓常璟那顫抖的眼神，是因為在陌生人之間孤軍奮戰而感到害怕。

「請別擔心，就算會看春秋館的臉色，他們也無法干預，至少這次他們不能。」

韓常璟不知該如何是好地緊緊咬著嘴唇，沒想到李鹿在這種時候登場了。

雖然檢查結果他遲早會知道，但是在一切檢查都結束過後聽取經過整理的結果，和當場一邊檢查一邊聽取結果，根本是完全不同的感覺……

「首先……他的身上目前尚未發現因受虐而留下的痕跡。不過至少沒有因暴力而破損的內臟器官。」

「是喔？既然你說『不過』，那就代表背後還隱藏了其他發現囉？」

「是的，我剛才就是正在向韓常璟先生說明這個部分。」

醫生指向螢幕，然後將剛才對自己說過的話原封不動地再向李鹿說明一次，畫面裡出現的那些小小圓球非常奇怪……

「荷爾蒙腺體有三個……或是三個以上……」

「是的。」

「這樣的話該怎麼辦？」

「還是得再重新進行特殊體質的檢查，但儘管做了檢查，像他這種情況我們也是第一次見到，若有需要，可能得請國外的專家來一趟。」

「有其他可能性嗎？像是腫瘤之類的。」

「這不可能，如果這個位置長了腫瘤，他的身體一定早就發生痛症了，儘管大小不大，但如果在這個部位長了好幾個，應該早就已經很難維持日常生活了。」

「不可能啊……」

「等等。」

一直保持沉默的廣惠院院長用著為難的嗓音插入了話題。

「這裡現在雖然出現了腺體，但感覺又像是無法孕育的樣子。」

「啊……對耶。」

拿著儀器慢慢揉壓韓常璟下腹的醫生，這才點了點頭。

「男性Omega一般來說在這種時候，體內就會有一個豆子大小的空間，如果懷孕的話，那個空間就會變大，同時成為孕育孩子的溫床，但是這孩子雖然有三個腺體，體內看起來卻沒有我剛才所說的空間。」

李鹿用著令人難以解讀的表情，不安地看著搖晃的螢幕，也許是因為之前聽李韓碩說了什麼，他現在似乎正在心裡不停猜測各種可能性。

而韓常璟則是緊緊地閉上了雙眼。

李鹿能像這樣帶著自己來到廣惠院的機會有多少？也許他還為了轉移大眾的視線而進行了一場華麗的表演，就像把那長長的豪華轎車悄悄送入停車場一樣。

所以他現在必須說點什麼才對，哪怕只是一句話也好，必須給這些人一點幫得上忙的線索，但每當他要發出聲音的時候就會感到窒息，口腔內部更是變得乾燥無比。

「你剛說的那東西，可以透過手術切除嗎？」

「如果那跟Omega所擁有的腺體是相同的東西，切除後也會再次生長。而如果是腫瘤之類的東西，畢竟目前無法掌握確切生成原因，所以以現階段來說是不可能的。」

韓常瑮緊閉的眼皮不停地顫抖，甚至還能感受到安靜放下的指尖也在緊張地發抖，他在心裡不停反覆說道。

這裡是研究室，現在正在進行中的實驗，是自己早已熟悉的其中一項測試，那些人是研究員……必須用我所知的情報向他們報告。

為了欺騙太過害怕而無法開口的自己，韓常瑮在心裡不停地吶喊著，好險因為這裡是醫院，而且還是檢驗室，所以他並非很難對自己催眠。

「他們……」

當自己宛如被鎖住的嗓音一出現，許多視線便落在韓常瑮的身上。

「……在我小的時候，他們在我的體內注射了各種藥物。」

「什麼？注射藥物？」

雖然現場有很多人，但在某個方向站著的是李鹿，儘管現在緊閉著雙眼，也能馬上清楚知道李鹿是用著什麼樣的眼神看著他。

韓常環努力無視那灼熱的視線，並繼續催眠著自己。

這裡的某處坐著韓代表，還有那些研究員，萬一這個實驗的結果不如預期，就得連續好幾天都被綁在這個地方，不能吃也不能喝，只能打著點滴，然後再繼續服用新的藥物，所以啊……快告訴他們，現在必須開口才行……

「對，他們從我小時候開始……就想把我打造為Omega……」

「你說什麼？意思是他們進行了特殊體質的生物實驗？趙東製藥？」

在那錯愕的陌生嗓音之下，韓常環嚇得顫著身體，並輕輕地搖了搖頭之後，再次努力地集中精神。

每當實驗結束，只要自己開口，大家不是就會盯著自己，並準備寫下紀錄嗎？而且還會為了看到他沒發現的身體反應，而不停地端詳他的身體，這就跟那時候一樣，沒什麼好害怕的……

「他們一開始以為我是Omega，所以想透過我的身體，來製造跟特殊體質有關的藥物……結果在得知我是普通人之後，他們就改變了實驗方向。」

「你現在幾歲……」

「二十歲。」

「他們從什麼時候開始讓你接觸藥物的？」

「我不知道，就……自我有記憶以來……」

此刻，四面八方傳來感到不可思議的驚訝聲。

「那個……抱歉……可以拜託你們嗎？我現在……很難說出相關的事情。」

「啊，沒關係，如果覺得有困難，那我們要不要換個地方？或是把精神科醫生帶來……」

「啊，不，不是因為那樣……如果你們能再像是審問似地詢問我……那我應該還可以繼續……」

「咦？」

「因為我在說的同時，也會想像這裡是實驗室，如果不這麼做的話，就會有點難以開口，所以如果各位能再更嚴厲一點問我，我或許能更輕易地開口……」

在那之後，韓常瑮再也聽不見任何聲音了，那是一陣除了超音波機器所發出的規律性聲音之外，就停不見任何東西的完美沉默。

韓常瑮的大拇指像是要將肉給刺穿似的，不停地對食指指甲下緣的嫩肉又搔又揉。

「真的，這麼做我心裡比較輕鬆。」

Whispers Through the Willows

第13章

韓常環配合著那些假裝冷酷的專家們，詳細地道出自己所知道的一切。像是實驗室的環境、過去進行過的實驗方式和週期，甚至是這些日子以來主要吃什麼食物、做什麼運動……

「嗯……我現在想到的差不多就是這樣……」

接著，韓常環也說出關於用在他身上的藥物成分。

連一開始都在懷疑韓常環是不是在演戲，多少抱持著懷疑的醫生，在那悽慘的告白之下，也漸漸地低下頭。

若要說他是在說謊，但是韓常環的回答實在是太始終如一了，再加上不久前從螢幕上看到了不可否認的Omega特徵，以及顯示沒發現任何結果的特殊體質檢驗結果也清楚地擺在面前，所以現在也只能先相信他所說的了。

更重要的是，他並不是淡然自若地講出那些事情，而是先催眠自己是在實驗室裡，才好不容易發出聲音……

聽見韓常環那顫抖的嗓音，李鹿想起了過去曾表示自己勇氣不足的韓常環，記得他淚流滿面地表示自己還是會努力，雖然是在這種情況下付出了勇氣和努力，也確實會令人感到心痛，但這種表現方式也並不是完全錯誤的。

如果是自己的話……不，應該說到底有誰能承受韓常環所經歷過的那些事呢？若經歷了，會有勇氣在人們面前道出那些真相嗎？他有辦法為了能說出一切實情，而要求對方刻意強硬地審問自己嗎……說真的，自己並沒有這樣的自信。

到底是誰說要幫助誰了……韓常環確實是一名比李鹿想像中還要更堅強的人。

「啊，對了！雖然不是用吃的，不過也進行過多種將藥塗在皮膚上的實驗……」

「不用了，可以了，這樣應該就夠了。」

主治醫生打斷了韓常環的話，並摸了摸平板電腦。

自某個瞬間起，他早已放棄紀錄，只是不停地發出「嗯嗯」聲響，而廣惠院院長也只是用手蓋住眼睛，並不停地嘆氣。

他一開始像是在隱忍怒火似地漲紅著臉，但在韓常環道出的事實越來越多時，他的臉也漸漸變得慘白。

而李鹿則是蜷縮在醫院裡很常使用的褐色小板凳上，看著這一切的景象。

……真的只是默默地看著。

雖然這是理所當然的，畢竟自己對於這方面的專業知識不足，所以也無法隨便插話詢問什麼……同時，就連在懂得不是很多的自己看來，韓常環所道出的那些陌生詞彙聽起來也不是那種正向、溫暖的詞彙，這讓他的心裡不禁焦慮了起來。

長期服用那麼多藥物？

那些程度的量，身體早就被耗損殆盡了吧……雖然很在意韓常環在那麼長的歲月裡，到底是怎麼撐過一切的，但現在最擔心的還是他的身體到底有沒有問題。

「……說真的，雖然一開始是韓會長的樣子實在是太令人憤怒，所以我才會接受這個提議。但現在這種事似乎也不是問題了，殿下要不要先決定一下該怎麼辦？」

「什麼怎麼辦？」

「要跟他一起聽取意見嗎？還是我私下向殿下……」

「我、我想一起聽！」

乖乖躺著並靜靜閉上雙眼的韓常環突然起身，眼睛就像是因突然灑下的燈光而感到刺眼似地眨了眨，然後再快速地搖了搖頭……那動作就像一隻剛出生的小狗一樣。

看到他那副樣子的廣惠院院長，嘆出比剛才還要更深的一口氣，看來儘管是看過國內各種罕見病患的他，也是第一次遇到這種事。

「最好奇我的身體的人，應該就是我了吧……請不要排除掉我，不論是什麼我都想聽……」

「……嗯，這話說得也沒錯。」

韓常環當然會是在場的所有人之中，最好奇自己身體狀態的人，而在他的背後討論含括他整個人生的悲慘命運，似乎也不是這麼有禮貌……

「不過在經歷過這樣的問診後，是不是還能下出什麼結論呢？血檢結果似乎還沒出來吧？」

「不，反正現在也無法靠現有的檢驗方式來查明他的身體到底發生什麼事……不過目前有幾個猜測的方向，所以我們就從這裡來做出假設吧。」

主治醫生看著平板電腦，並上下滑動著畫面。

「首先，你在進行實驗之前，其實有充分的可能性被判定為Omega。當然，這也只是猜測。」

「咦？我嗎？」

韓常瑮一臉疑惑地睜大眼睛，如果真是那樣，不就根本沒必要歷經這麼多令人厭煩的實驗了嗎？

「你說你從小就在趙東製藥進行檢查，對吧？還被注射藥物。」

「是……」

「而在那個過程之中，某種東西交合的可能性非常大，你定期服用的藥物中，有編號為P098和K644的藥吧？這兩種是在有特殊體質的可能性，但無法用檢驗工具確認時……也就是需要精密檢驗時所服用的藥物。」

「那這種藥當時不存在嗎？」

「是，因為這藥商業化……還沒有多久。」

主治醫生下意識做出回答的聲音逐漸變小，他似乎跟李鹿想著同樣的事，市面上那些跟Omega特殊體質有關的藥物……特別是趙東製藥所開發的藥物……也許就是透過這小小的身軀所開發出來的結果。

「嗯……總之，我在想在發現可能性之前，就是因為被過度注射這種藥物，所以身體才會發生異常反應。」

「那……意思就是我終究成為了Omega……」

「不，不是，我只是猜測繼續放著你的身體不管，可能會有很高的機率被判定為Omega，至於為什麼我會這麼說……嗯……其實你最大的問題是……」

「不久前因為義禁府的委託，我們曾分析過幾款市面上的新毒品，正確來說，那些東西應該比較接近於春藥，目前我們也無法為那些藥物命名。」

打斷他人話語的廣惠院院長用著乾癟的嗓音說明了毒品的事情。

那些藥不僅能放大性刺激的感受，還能讓身體產生臨時變化，例如若是男性使用，就不會是那種一般的壯陽藥所帶來的效果，而是會讓身後的肛門變得柔軟溼潤……

「總之，在我們分析那種藥物時所發現的成分……」

廣惠院院長一邊說著，一邊將視線瞥向韓常瑔。

「看來是我時常服用的藥物呢……」

當韓常璦發現說話的人稍作停頓，話題也無法輕易地延續下去，便主動地用不以為意的語調開口。

「沒錯。」

「……果然如此。」

韓常璦靜靜地點了點頭，也許是因現場嚴肅的氛圍變得些許尷尬，他便像是在用腳踢水似地輕輕踢了踢腳，然後四處張望著在場人們的神情。

而當下他所感受到的其實也只有尷尬而已，似乎沒有因此受到打擊的感覺。

「總之，在我看來，趙東製藥似乎想將他的身體打造成Omega特有的……強調某種功能的身體，距離現今最近的時間所服用的藥物，和目前來路不明的新藥中所出現的成分一致。」

「Omega特有的功能？您是指懷孕嗎？」

「不，在我看來是不可能懷孕的。」

李鹿輕輕地點了點頭，他說的是Omega的某種特徵，就算沒有附加說明，似乎也能猜得到是什麼，不過令人難過的是，這些真相就跟李韓碩告訴自己的那些故事並沒有太大的差異。

「那您打算何時對外公布？我們也得做好準備。」

「……公布？什麼……啊，不，不不不。」

本想問清要公布什麼的李鹿，馬上就明白了對方的言中之意，便馬上做出回絕。

「我不會就這個問題召開記者會。」

「啊……也是，證據也可能會是個問題，畢竟現在一切都屬於機密中的機密……若光是以我們的意見來開記者會，的確會造成問題……」

「不，不是這種問題，院長。」

「嗯？那是……」

「不論是在哪，我都不想將這件事對外公布出去，也不想把他當成與韓會長協議用的牌。」

「啊，我……」

李鹿將食指放在習慣說沒關係的韓常璟嘴上，就像是在要他安靜一樣。

「我記得韓會長還有其他兒子。」

「沒錯，除了您現在的訂婚對象以外……他上面還有兩個兒子。」

「我在想要不要利用他們兩個。」

「利用？」

「雖然無法將詳細情況告訴您，但我聽說他有私生子。」

「韓會長嗎？」

「對。」

廣惠院院長和主治醫生有點驚訝似地互相對看一眼。

「嗯……我還是第一次聽到這種事……」

「我也是……不過就算有私生子，這似乎也不是多麼大的事，他又不是別人，他可是韓為動啊！是一名能夠不以為然地做出這種事的傢伙啊。」

原本正打算以激昂的嗓音斥責韓會長的廣惠院院長，在對上韓常瑮那盯著自己看的視線後，便乾咳幾聲，然後悄悄壓低嗓門。

「總、總之……我只是覺得那個一提到錢就翻臉不認帳的傢伙，會乖乖承認自己有私生子的事情很不一般罷了。但話說殿下您是從哪聽來這個消息的？就算人們對於那傢伙的怪異行為嚼舌根不是一天兩天的事情，但這是我第一次聽說他承認某人是自己的兒子。」

「啊，因為那個人目前正在我的控管之中。」

「咦？誰？您難道是指……那個私生子？」

當李鹿點頭表示沒錯時，廣惠院院長露出虛脫的笑容，並將身體靠向椅背。

雖然嚴格來說，並不能算是在自己的控管之中……但李鹿並不想將韓常瑮和李韓碩之間的事情說出來，就算與這些人有相符的利害關係，但這對於自己那會受到陌生人同情眼光的年幼愛人來說，不會太可憐了嗎？

「我在想，要不要利用私生子的問題，來煽動韓會長的其他兒子。」

「您指的煽動……是只要將韓會長於企業的最前線拉下臺嗎？」

「對，您剛才不是提及了毒品的事嗎？也就是那些新發現、連名稱都還沒有的藥。」

「沒錯……但所以呢？」

「您在聽他說這些事的時候，應該差不多也猜得到，這些藥的相關資訊是從哪裡開始的吧？」

「沒錯……」

他們是一群把無辜的人抓去，並一輩子對其隨心所欲，致力於打造出讓身體僅在特殊目的上會有所反應的傢伙。

那種能讓身體變得像不吃抑制劑的Omega的噁心毒品，分明是在韓常瑮的身體出現劇烈反應之下製作出來的。

「韓會長可不是那種會錯過任何可得錢財的偉人。」

「但是那些錢應該和他的兒子們沒關係吧？」

「那是無法繳交稅金的錢，而既然是祕密資產，我認為有很大的可能性，是那些錢會直接進到韓會長的口袋裡。」

「您覺得他的兒子們會因為這個原因，而對其抱有不滿嗎？」

當然，韓會長真正的兒子們的確有可能到現在什麼都不知道，如果是這樣的話，就更有可能會因為這個理由而感到憤怒，畢竟這一來一往的可不是小錢，但自己卻被排除在外。

「沒錯，一無所缺的人更是如此，就算自己的份已經有了保障，也難以容忍突然登場的場外選手拿走任何一絲一毫，光是韓會長承認私生子的事情，一定就讓他們十分不滿了，一定會覺得那個對親生孩子沒血沒淚的父親，為什麼會莫名地要給一個私生子這麼多。」

「嗯……」

「這是我基於經驗所做出的推測，您可以儘管相信。」

謀反、叛亂……那些都是現在已不再使用的詞彙，太子殿下……他所謂的兄長，就算已經被內定為未來要繼承玉璽的人，但還是對李鹿恨得牙癢癢的，甚至不想看到自己弟弟的名字被刻在國家的宗廟。

「嗯……他會因為給孩子們的錢和媒體的新聞而自我毀滅的，我們也不需要多麼了不起的計畫，只要點燃火苗，事情就會越演越烈了。」

廣惠院院長有點猶豫地摸了摸下巴，不過這對他而言，其實也不會有什麼損害，如果能成功，那自然是好。但如果失敗了，所有的風險都會指向李鹿，因此他也沒什麼好反對的。

「……既然如此，我們要幫您做些什麼呢？」

「只要在適當的時機，不論春秋館或趙東製藥說什麼，你們都只要無視他們，並依照我們的指示進行幾次正式發表就行了。」

「哎呀，您怎麼把最危險的事情說得好像不足輕重似的。」

「嗯？這種程度的覺悟，您不是打從一開始就做好了嗎？」

「還有……」李鹿在經過稍微的猶豫後，緩緩地開了口。

「撇開其他的事情，這是我個人的請託，若有辦法能讓他的身體變得更舒服一點……那就真的是感激不盡了。」

韓常璨說過，自己到現在還有很多沒嘗試過的事情，也有許多想嘗試的事，絕對不能看著他拖著這不知何時會倒下，有如定時炸彈般的身體，最後空虛地死去。

「那當然。」

廣惠院院長用一副可憐的神情，大大地點了點頭。

「我們正好在努力分析那些在黑市流傳的新毒品，既然出發點是趙東製藥……雖然應該不會很完美，但應該還是能夠幫上一點忙。」

「謝謝您。」

韓常璨用著無法解讀內心在想什麼的眼神望著三個人，在李鹿的那聲道謝後，這才慢一步地默默行禮。

「我們回去的時候也會從首爾機場起飛，只是車子會先在光化門那轉個一圈後，再前往機場。」

李鹿說明，就算有事來首爾，但如果沒能進一趟景福宮的話，用這種方式致意也算是一種禮貌，畢竟當面請安只會讓彼此覺得麻煩，所以大多是以這種方式來表現誠意。

「我有一陣子常常被叫來首爾時，還上了新聞呢！媒體內部都在猜測到底是發生了什麼事，才會親自覲見。」

「那個……殿下……」

「嗯？」

為了避人耳目，兩人正前往搭貨梯的路上，畢竟是個隨時會發生分秒必爭之事的地方，所以能管制人群的時間並不長，若不想再給李鹿添更多的麻煩，就得依照指示快速移動腳步才行，但是……

「我有一件好奇的事……」

「嗯？」

韓常瑮支支吾吾地用著畏縮的嗓音發問，李鹿也跟著壓低了嗓音，看到兩人貼在一起講悄悄話的鄭尙醞看起來雖然不是很高興，但這次卻是真的沒辦法，畢竟自己不知道該如何像鄭尙醞那樣，儘管閉著嘴巴，也還是能明確地將話語道出口。

「因為我其實對特殊體質不太了解……」

「嗯。」

「如果……Omega……如果Omega不吃抑制劑的話，會變得怎麼樣？」

「嗯……就會非常渴望Alpha，明確地說，就是會很想和Alpha做愛。」

「那只要做……只要做了那件事，就會好轉嗎？」

「嗯，雖然我聽說每個人都不太一樣，但總之聽說只要做了，身體的症狀就會好轉，如果要再把這部分說得更明確一點，意思就是只要Alpha的精液進到他們的身體裡，他們就能夠冷靜下來。」

「原來如此……」

難道就是因為這樣，自己身體的異狀才會得以好轉？

畢竟他們說過，他的體內有著與Omega相似的腺體，就是因為和身為Alpha的李鹿做了那件事……就是因為接收到了他的精液……所以他的身體才變得不會像之前那樣，在任何時候都能起反應。

「但你為什麼要問這個？」

「只是因為……覺得好奇。」

「相反的，Alpha 可不是射完精就能解決的。」

「那要怎麼辦？」

「雖然因為沒經歷過那種情況，所以我也不太能想像，但我聽說生殖器會脹大得非常嚴重。」

「咦？」

韓常瑮不自覺地望向了李鹿的下體，那東西……還能再變得更大？

「我聽說如果在那種情況下，與沒有吃抑制劑的 Omega 做愛，Omega 就一定會懷孕，雖然目前因為這樣的例子不多，所以也無法確定這件事。」

「……原來如此。」

幸好剛才醫生們斬釘截鐵地表示自己不可能懷孕……雖然他很喜歡李鹿的一切，雖然很喜歡那興奮至極的性愛，但如果他的那個變得比現在還要大的話……哎，他似乎真的承受不了。

「啊，小心！」

「啊啊！」

就在韓常璟於心中反問自己是否感到慶幸時，一旁堆放得相當危險的箱子便朝韓常璟的方向大力晃動。

好在李鹿迅速地推開箱子而免於傷害，但韓常璟聽見危險的聲響和箱子撞向牆壁的聲音後，身體便不自覺地顫抖了起來。

「呃！對、對不起！因為我剛才在後面推，所以看不見前方……天啊，沒想到會是殿下，很抱歉！」

「沒關係，反正沒有人受傷，不過與其堆在地上再用推的，不如安穩地裝載在機器上後搬運，應該會比較好吧？」

「是，我、我會改用這個方式的，真的……真的很對不起。」

李鹿使了使眼色，站在身旁的幾名侍衛便幫忙撿起散落在地上的箱內物品。

「哎呀，謝謝。」

好險裡面並沒有易碎物，韓常璟也撿起了滾到自己腳邊，寫著脫脂棉的信封，但是……在那粗大字體下……寫著一行小小的字。

『**晚上九點**』

「小璟？」

直到韓常璟聽見李鹿喊著他的暱稱的嗓音，韓常璟這時才突然回過神來。

「啊……抱歉，給、給您……」

「謝謝，您沒有受傷吧？」

該員工害怕得用著不知該如何是好的八字眉，接下韓常璟手中充滿疑問的信封，雖然不曉得對方是不是故意的，但那個人在接下信封的一瞬間，似乎也用食指指了寫有「晚上九點」的那個部分。

「你沒有受傷吧？」

「沒、沒有……」

韓常璟尷尬地笑著表示自己沒事，明明說好現在不能對他有所隱瞞，但卻還是對李鹿，對自己的這個溫柔戀人說了謊。

「快走吧，殿下，我只在照片上看過光化門，真的好好奇實際上長什麼樣子喔……」

而且信封上隱約寫上的那行字的字跡……明顯就是韓代表的筆跡。

晚上九點……

這到底是什麼意思？難道是指韓代表會親自來訪連花宮嗎？在這麼晚的時間？一股不安的感覺讓韓常璟的心臟大力地跳動起來。

怎麼可能……就算是韓代表，他也不可能翻牆進宮，而且自己現在居住的地方可是正清殿，儘管只是廂房，但仍是連花宮內最多翊衛司侍衛守著的核心位置。

再加上晚上九點的李鹿，要不是在附近的辦公室處理公務，就是會在自己身邊幫忙自己課業的時間，韓代表要以什麼樣的手段偷偷來找他呢？

直到韓常瑮推測出這樣的結論後，他那緊張的肩膀才得以鬆懈，不論怎麼想，這都太說不過去了，箱子倒下時所掉落的物品非常多，但偏偏就是那個寫有該文字的信封，一絲一毫不差地落進了自己手裡，這明明打從一開始就是一件不可能的事情。

嗯……也許……是因為剛剛才將趙東製藥的人千叮嚀萬囑咐，表示不准說出去的事情全盤托出，才會在擔憂之下，把這些毫無相關的隻字片語，都看做了韓代表的傳話。

儘管韓常瑮盡了最大的努力安撫自己，但不安的心還是難以消失，還因為緊張的關係，而不自覺地吞了好幾次口水，感覺就像隨時都會從某處跑出韓代表的人來把他拖走似的。

韓常瑮吞了吞口水，並將視線瞥向李鹿，若被不知情的人看到，可能還會誤會他如此斜視殿下是十分不敬的行為。

但值得慶幸的是，李鹿似乎沒察覺韓常瑮的眼神，只是默默地盯著前方、繼續向前走，並擔心著是否有會突然有什麼東西倒下或掉出來似的，小心翼翼地走著。

「哇……好、好多人喔。」

韓常瑮裝忙地一邊四處張望，一邊發出讚嘆聲，雖然看起來可能有點怪，但是比起被李鹿發現自己因不安而躁動的眼神，現在這樣還比較好，而現在重要的就是不要表現得太明顯，因為善於察言觀色的他一定很快就會察覺自己的異樣。

「很累了吧？」

「……咦？」

明明才剛如此下定決心，結果卻又馬上因為李鹿突如其來的問句而閃了神，並發出了傻瓜般的聲音。

「該說醫院本來就會有種讓人覺得喪失精力的感覺嗎？總之好像就是有這種感覺，感覺變得更累、也似乎變得憂鬱了起來……」

「啊啊……喔，對，沒……沒錯。」

儘管李鹿或許發現他剛才心不在焉的事實，也沒有對他做出什麼另外的指責。

令人感謝的是，他似乎是覺得韓常瑮歷經各種檢查，還在陌生人面前將自己的故事全盤托出就已經夠疲憊了，所以就算像現在這樣一愣一愣的也沒關係……

「那個……殿下。」

「嗯？」

「等回到平壤，您可以做那個給我嗎？」

「做什麼？」

「就是差不多像這樣大小的餃子，我不知道確切的名稱，不過之前您有放在餐盒裡……」

當韓常環一用大拇指和食指捲出圓圓的形狀，並測量著大小時，李鹿便點了點頭，表示那東西的確叫做餃子。

「很不錯呢。」

「咦？」

「因為這好像是你第一次向我要求什麼，讓我感覺心情很好呢。」

「這……這樣啊？」

「還有其他的嗎？其他想吃的。」

「不，這樣就好了。」

其實韓常環什麼都不想要，但因為覺得如果嘴裡能含著什麼溫暖的東西的話，心情似乎會好起來。

而且，如果他守在正在做飯的李鹿身邊，跟那些御膳房的宮人們一起熱鬧一番，那讓人在意的時間，應該就會快速流逝了吧……

「啊，我沒有想吃的……不過我想聽音樂。」

「音樂？」

「上次在車裡聽到的音樂。」

「車裡？什麼……啊，啊啊……」

「嗯……雖然記不得詳細情況了，但那首歌的歌詞似乎是在說什麼生氣又有什麼用的……」

李鹿一邊乾咳，一邊紅著耳朵，看來是想到當時故意在音樂方面吹噓的事情了。雖然韓常瑮現在還是不知道李鹿感到害羞的理由，不過既然他那麼尷尬，那就還是別再繼續說下去了吧。

「那我們明天下午要不要一起去平壤市區內逛逛呢？我們可以兜兜風……」

「您的工作堆積如山，還是請您先把事情處理完再出去玩吧。」

默默聽著兩人對話的鄭尚醞用著極度不滿的表情說道。

「……還是我們偷偷逃走好了？」

李鹿用著一張嚴肅的臉小聲低語，韓常瑮便卸下了心中的不安，大笑出聲。

是啊，現在自己的身邊可是有著如此可靠的愛人，所以絕對不會發生任何事的。

抵達連花宮時，時間已經超過八點了。光化門本來就是個人潮洶湧的地方，一聽說李鹿的豪華轎車會經過，人們聚集的程度變得更是誇張。

不過看著熱鬧的風景和豎立於市中心的宮殿，就讓韓常璟不自覺地激動了起來。

原本說明著車窗外的地方究竟是何處、各種東西究竟是什麼的李鹿在經過光化門時，看似一點精神都沒有，但他仍表示因為感受到溫暖的氣氛，所以心情還算不錯。

雖然無法說明理由為何，但就是有一種力量在燃燒的感覺。

這話看似模稜兩可，但不論對方說什麼，一律都抱持正向態度的韓常璟還是靜靜地點了點頭。

當然，雖然心情是很愉悅，但畢竟還是搭了很久的車，還是藏不住疲倦感。

他們再次回到首爾機場時，韓常璟就已經全身筋疲力盡了，等到一坐上飛機就馬上像是生了病的小雞一樣進入夢鄉。

而韓常璟睡著的時候，似乎有聽到什麼「那些傢伙的股票」、「財產動向」之類的話題，本來想著如果他們是在計劃要對趙東製藥做些什麼的話，那拜託他們也算自己一份……但眼皮卻像是被壓上一顆石頭似的，動也動不了。

「哎呀……」

韓常璟到達後洗了洗手、換上輕便的衣服，便不自覺地發出了哀號聲。

一開始本來還覺得要自己使用這麼寬敞的房間，是一件令人非常尷尬的事，但現在卻像是從以前就住在這裡一樣不以為意，不再有最初那種寬敞的感覺。

所謂的人心就是如此狡猾呢。

韓常璟的生活便服，換成了白色但接近淡黃色的絎縫外套，這是尹尚宮害怕韓常璟在現在這種天冷的天氣沒衣服穿，而最先為他做的衣服，這衣服鬆軟到從遠處看過來，會覺得自己看起來像個圓滾滾的雪人一樣。

「打擾了。」

「啊，是！」

坐在床邊輕撫著絎縫外套上的細密工法，韓常璟突然尷尬地站起來，畢竟這是自己第一次收到如此漂亮的衣服，才會不小心養成了先觸摸衣服再穿上的習慣。

「殿下馬上就會讓金內官過來，他說要你和金內官一起去御膳房。」

熟識的御膳房宮女遞出了一杯冒著熱氣的茶杯。

「請喝。」

「這是什麼？」

「這是用水梨和桔梗泡製的果汁，今天經歷了很多事，天氣也很冷，殿下擔心您會受寒，所以要您就算覺得苦，也要全部喝光光，這可以讓身體暖和起來。」

「這樣啊……那這個呢？」

宮女拿來的托盤上，還放了一個長長的玻璃瓶，看起來像是市面上販售的消化劑。

「這是感冒藥嗎？我想我應該不用吃藥吧……」

「這是韓會長拜託我們轉交給您的東西。」

「啊……」

說著「原來如此」並點著頭的韓常環突然停下動作。

什……什麼？因為眼前的宮女實在是太自然、太若無其事地說出韓會長這個詞，所以他最初並沒有馬上反應過來。

「……什麼？」

「我說這是韓會長請我們轉交給您的東西。」

「妳、妳說什麼……」

仔細端詳托盤的韓常環僵硬地抬起頭，窗外的寒風聲就像是在揭開不祥的序幕似地嗚嗚響起，每當樹葉落下，心臟也跟著大力地跳動。

「您在廣惠院不是已經接到通知了嗎？今天晚上九點，會長有話要說。」

御膳房的宮女一臉驚訝地歪著頭。

「等……等等，這……到底怎麼會……」

「嗯……看來是哪裡出了錯吧？不過這也不重要……現在已經沒有什麼時間了，我就只把您必須知道的事項告訴您。這瓶子裡的是劇毒，光是聞到味道就會有危險的那種。」

「妳……妳說這是毒藥？」

到底該從哪件事開始訝異？那個信封上的訊息，真的是故意要給自己看的？眼前的這個宮女是韓代表的人？還是因為韓代表有著能光明正大地將如此危險之物放進宮裡的影響力？

「代表說，如果您還感謝他至今為止對您的養育之恩，就乾淨地了斷自己的生命，與其讓您到處說嘴，這樣的處置方式才是真的寬宏大量吧？」

「期限是一個月，您若不在時限內結束自己的性命，他就會將李韓碩的事情全部打造成李皇子殿下的醜聞。畢竟人們都將李韓碩視為『韓常璭』，而『韓常璭』是真正的Omega，殿下現在就已經為了打破人們對特殊體質偏見而在孤軍奮戰了，如果身為他訂婚對象的Omega是一名對藥物及性愛成癮的人的話……」

這樣李皇子殿下應該就會陷入困難吧？眼前的宮女一邊說著，一邊露出笑容。

「反正您遲早會死，與其悲慘地看著深愛的殿下因您而痛苦的樣子死去，不如現在給您機會，將一切都結束掉還比較好吧……難道不是嗎？」

韓常璭盯著宮女手上端的托盤，邊緣還放著一朵圓圓的花，末端的葉子輕柔地彎曲著，看來似乎是模仿蓮花所做的。

雖然宮裡的物品本來就都做得很精緻，但僅僅是一個托盤，卻也做得非常符合連花宮的形象，和突如出現、宛如路邊碎石的自己不同……

「我……」

靜靜望著淡淡艾草色的簡樸花飾，韓常環終於開口了。

「如果我說我不要，那會怎麼樣？」

「什麼？」

因為不想讓對方發現自己鬱悶的心情，韓常環便發出比想像中還要悲壯的聲音，不過這樣正好，這比為了吞下淚水而嘶啞的聲音還要好吧？

「如果不想按韓代表所說的去死……」

「天啊，您是認真的嗎？」

「對，我是認真的。」

宮女歪了歪頭，看來似乎是在思考韓常環憑什麼不順從，卻又馬上像是在表示，「這種程度的傢伙又能使出什麼手段」似地笑了出來。

「如果我拒絕的話，妳會死嗎？」

這是韓常環心中最先考慮到的部分，因為害怕與這件事不相關的人會因為自己而受到傷害。

但眼前的宮女似乎完全不把韓常環的憂慮當作一回事，不，反而該說感到了不悅，那像是在說「像你這種傢伙，居然還擔心我的安危」。

那緊皺起的眉頭就像是在訴說宮女的心聲一樣，十分明顯。

「嗯……如果失敗的話，我應該也會受到什麼損害吧？不過會長目前似乎沒有想到那種事，畢竟您也只能接受韓會長給您的選擇。」

盯著韓常環圓圓頭頂的宮女嗤之以鼻地轉過身，也許是因為怕弄翻托盤，她便用一手的大拇指和食指，小心翼翼地抓著藥瓶，並往書桌的方向走去。

「看來您真是搞不清楚狀況呢。」

宮女像是要韓常環看清楚似的，將玻璃瓶放在空格中間，而上方整齊地擺放著李鹿和中尚宮所送的書和題庫。

「現在應該不是您擔心他人的時候吧……您不想遵照韓會長的指示？您是真的不知道會發生什麼事嗎？」

「只要韓會長下定決心，不論怎麼樣，您終究會死，這次若不照他的指示去執行……嗯……既然違背了他的意思，我想事情應該就不會這麼簡單地結束吧？您以後一定會後悔，早知道當初就應該要乖乖地吃藥自殺。」

宮女不屑地表示，從小就在韓家長大，該不會到現在還不懂韓會長的為人吧？

「連不是很了解韓會長的我看來，都覺得毒藥應該是韓會長所提出的選擇之中最慈悲的一個了，難道不是嗎？」

韓常瑮看著自己因逐漸習慣而開始產生感情的書桌，不知內容物究竟為何的玻璃瓶和即將翻閱的書籍輪番映入眼簾之中。

韓常瑮的目光來回穿梭好幾次，那晃動的焦點內清楚地出現了物體的樣貌，有一種勇氣莫名湧現的感覺。

宮女盛裝毒藥的那個托盤，不也是連花宮的東西嗎？一這麼想，韓常瑮彷彿馬上要瓦解的膝蓋就充滿了力氣。

他慢慢地搖了搖頭，並放下軟弱的情感。

在廣惠院看到紙條時的那種窒息感、宮女以從容的嗓音燃燒內心的話語，韓常瑮努力地將一切情感全部推開。

「那如果我先把以前被趙東製藥做過的事情對外告發的話，他會怎麼做？」

至少這樣就不會被無力地拖回趙東製藥的實驗室了。殿下不是說過，絕對不會讓那種事發生嗎？就算無法幫上殿下，也應該要相信他那堅定的承諾吧？

「一開始當然會很困難，但只要開過一次口，就不會覺得難了，我是真的做得到。」

在默默道出了這樣的話後，宮女這才像是要把韓常瑮的臉看穿似地緊盯著他。感覺就像是在觀察韓常璟是不是認真的。

「真是的，居然把自己的無知顯露出來了……」

宮女那小心翼翼的神情維持不到幾秒，便忍住笑意，將托盤夾在側腰。

「我看您腦袋似乎不太好，我就再說明一次好了。告發？好，就當您對外告發好了，但您覺得那樣對李皇子殿下有幫助嗎？他不知道訂婚對象是個冒牌貨，而心上人竟然也不是Omega，只是個普通男人，甚至還是在趙東製藥內賣過身的人？」

「什麼……我、我、我從沒做過那種事！」

「是嗎？我也不知道是我隨便聽聽的關係還是怎樣，不過我就是那樣理解的，您不是一直被用在性方面的實驗，變成了與Omega相似的身體嗎？」

「這……」

「好，就當您有什麼苦衷好了，但是對人們來說那並不重要，在第一次聽到您的故事時，留在我腦海裡的就只有這樣。」

宮女聳了聳肩，一邊說道。

「中間其他字字句句的補充說明，對人們來說一點都不重要，因為根本就不有趣啊。」

「人們只會記得自己想記得的部分，而流言最後也會被傳成更刺激的發展，最終人們也只會在李皇子殿下身上貼上管理能力不足的標籤吧？」

韓常瑮因為煩悶而張開的口，最終還是什麼話都沒說。

這時他才想起剛下飛機時，那些朝著李鹿敬禮的軍人們，還有掛著的不是車牌，而是木槿花的豪華轎車，以及美麗的巨大宮殿……李鹿作為李皇子而擁有的一切都象徵著沉重的責任。

宮女說的也不完全是錯的，無法管好自己身邊的人，而且還是無法好好管理自己住所裡頭最為私密的關係，這在他死後也會不停地被人提起。

無論是在數十種的宮內紀錄，或是紀錄生平的書籍和專欄，這些應該都會成為人們用來消遣的話題吧……

「我不是說過了嗎？韓會長之所以把不將您的事情或是李韓碩的事情說出去，而當作交換條件，是有原因的。」

「啊啊，還是說，您是在擔心您死了之後的事？但我覺得您應該不用擔心，就算您的事情流傳出去了，但反正您都已經死了，李皇子又會知道什麼……事情一定能被包裝成那樣的，因為這點應該是詩經院或春秋館能夠處理的部分。」

宮女一副像是再也不能拖延時間似地輕輕地移動步伐。

「對了，期限是一個月喔。」

在關上門之前，宮女再次提醒的聲音刺向韓常瑮的肌膚，直達心臟。

「……啊。」

韓常瑮自始至終憋著的壓迫感終於鬆懈下來。

那是房裡的電話響起的聲音看看床邊的時鐘，已經過了三十幾分鐘了，在宮女離開之後，自己仍站在原處，呆呆地失神了好一陣子。

韓常瑮緩緩地伸手拿起了電話，而視線仍停留在桌上的瓶子。

──『喂？』

電話裡，李鹿的嗓音充滿活力，砧板上響起的輕快刀聲、水聲以及在鍋上滋滋作響的油聲就像背景音樂一樣傳進了耳裡。

「抱歉，我……我睡著了。」

韓常瑮咬了咬牙，明明剛才鋪天蓋地而來的侮辱都能撐過去了，結果一聽到這溫暖的嗓音傳進耳裡，淚水就不爭氣地落了下來。

──『這樣啊？那你要不要好好休息……』

「不，我要去，我這就去。」

──『嗯……那我去廂房好了，反正我幾乎都做好了。』

本來想堅持己見的韓常瑮馬上溫順地回答知道了，但其實他巴不得直接前往御膳房，但是既然李鹿都說要來了，這樣也許就有藉口能一起睡覺。

雖然很放肆，但現在的他確實需要李鹿堅強的擁抱和溫暖的體溫。

「那個……殿下。」

——『嗯？』

正打算掛電話的李鹿，聲音先是變遠後，又再次變近了。

「您上次不是跟我說過某個故事嗎？那個很有名的……主角喝下毒藥裝死……」

——『啊啊，羅密歐與茱麗葉？』

「啊，對。」

——『怎麼了？』

「只是因為好奇……」

當時李鹿想說明結局時，鄭尚醞突然跑進來，氣著表示不顯閣向他們做出了不像樣的挑釁，所以並沒能聽到結局。

「兩人最後都平安無事地醒來了嗎？」

——『嗯……沒有。』

「為什麼？」

——『羅密歐跟著茱麗葉尋死了。』

後來醒過來的茱麗葉因為絕望也跟著尋死，李鹿補充說明著。

「最終兩人都死了啊……」

——『是啊，所以才會變成有名的悲劇啊。』

韓常環用袖口擦了擦眼角，或許是因為身上穿的是尹尚宮用盡心思做出來的衣服，儘管他用多大的力氣搓揉臉部，也不會覺得痛，但眼淚還是有擦跟沒擦一樣，不停地湧現出來。

悲劇……韓常環將這輩子第一次聽到的陌生詞彙在嘴裡反覆了幾次，至少要避開大家都死掉的慘淡未來，至少不能讓那既善良又美好的殿下迎向悲劇。

既然如此……那答案就已經確定了。

「多虧了殿下的費心，我們才能迅速募集到資金。」

「什麼多虧了我，我也只不過是過來露了個臉而已……您這麼說，實在是太對不起至今為止努力辛苦的人了。」

「不，我是真心感謝您，若沒有殿下您的幫助，我這老頭大概到死為止，都不會有任何發展。」

近幾年間受到旁人閒言閒語、要辦不辦的小小電影節終於開幕了，而且還變成了非常盛大的電影節。

電影節的委員長兼創立人盧教授的臉上充滿著笑容，在韓國電影史上算是留下豐功偉業的教授可說是以他所寫的文字或神經質態度聞名。

實現畢生願望的他，今天就像個仁慈的鄰居老爺爺一樣，僅是帶著輕鬆的表情笑著。

「總之，這個圈子的人都是這樣，大家都只會光憑一張嘴，每天只會空虛地喝著酒，喊著什麼道義、道義，卻不管任何真正需要去做的事。」

因為他的臉色原本就紅通通的才沒察覺，但教授現在看起來似乎也喝醉了，是啊，他從剛才開始就把香檳當水一樣灌……

「既然事情都變成這樣了，那我就直說了……」

教授「砰」一聲放下酒杯，李鹿裝作擦拭嘴唇，檢查自己的嘴角是否有好好上揚，還有他那在他人眼裡看起來很順眼的面具是否有戴好，以那種方式起頭的對話，通常都不會是什麼好事……

「說真的，現今這個時代，不論是皇室還是君主立憲制……我一直都覺得那種東西一點都不符合這個時代，所以您一開始聯繫我的時候，我真的不是很高興。」

盧教授一邊撫摸著透明酒杯的邊緣，一邊表示本來對事情或文章做出批判的人，個性都是這樣，並獨自沉浸在自己的記憶，完全忘記自己正在和對方說著令人聽了不是很愉悅的話。

「不過現在想想，那都只是藉口罷了，我看著您……就覺得您這年輕小伙子能做些什麼？那種不看好的心態似乎更強烈，而且還想著，就算您出席這個場合又會有什麼改變嗎？這似乎是我作為一輩子手握筆桿的評論者，在不知不覺中產生的想法。」

「不。」

李鹿裝作謙遜地搖了搖頭，但說真的，解決舉辦電影節的最大問題，也就是資金問題，確實是他的功勞。

雖然電影節的宗旨很好、結構也很出色，但因為盡量排除商業性目的，預算實在是非常短缺。特別是將具舉發性質的紀錄片推上大螢幕，算是會惹怒大企業的行為，所以缺少最重要的贊助款項自然會是最大的問題。

但由於李皇子突然對這小小的活動產生了興趣，所以人們也開始將目光聚焦在這裡。就算媒體再怎麼討厭李鹿，但也不能放棄最近最火熱的話題，國外媒體也進行了大篇幅的報導，就這樣，事情漸漸順利了起來。

就像盧教授所說的，周圍那像是在說李鹿這個才剛開始學習的小屁孩，到底能做些什麼的鄙視想法也稍微有所不同，根本沒受到邀請就擅自出席活動的小伙子，突然成為了具有強大宣傳效果的廣告。

「殿下。」

站在適當距離的鄭尚醞靠了過來，並小聲地喊了李鹿。

啊啊，看來是自己一直在等的人終於出現了。

「失禮了，教授。」

「嗯？有誰來了嗎？」

「是的，是紫雲建設的代表。」

「紫雲建設？」

「那是趙東製藥的長男所創立的一家小型建設公司，也是這次利用私募基金來投資的其中一個企業。」

「啊啊，趙東製藥。」

貌似想要一起出去打招呼的教授，似乎因為想到了某事而停下腳步。

「嗯……呵呵，這該怎麼說才好呢……」

也許是因為這時才想起李鹿的特殊體質，盧教授支支吾吾地說著：「好像也不能稱為……妻子家？」

「沒錯，是我訂婚對象的家。」

「啊啊，那當然要去看看囉，我這個老頭真是沒眼力呢。」

揮動雙手的教授看起來十分尷尬，明明不久前還像是對待自己親孫子似地和藹可親。

「明明就無法接受特殊體質這種事，有什麼好裝的？」

在與教授拉開距離後，鄭尙醞便緊咬著嘴唇嘀咕著。

詩經院的員工們雖然都沒學過，但大部分的人都知道該怎麼不開口就能說話，李鹿之前曾對鄭尙醞的這項技能表示神奇，結果換來的是他一句煩躁的「這還不都多虧了誰」。

「唉，這話也沒說錯，而且也是我每天都在說的，現今這種時代，什麼皇室、什麼王室的……根本就不該存在。」

和廢除論動不動就鬧得沸沸揚揚的其他君主立憲制國家相比，韓國的皇室算是受到了國民們代代的支持。

最大的原因就是他們將財產全數捐出並主導獨立運動，還有目前皇室人員們所享有的富裕，是以獨立運動當時所設立的國防產業的收入為基礎。

當然，就算如此，也不是沒有任何不合理的地方，這個若不靠血緣就無法擁有的位子最終還是會失去支持的力量，而這也是無可奈何的宿命，只要再過一段時間，不論是哪個國家，君王體制應該都會走向被廢除的結局吧？至少李鹿是這麼想的。

「是，不過還是希望在我拿到所有年金、進棺材之前，可以不要廢止。對了，我不久前接到了申尚宮的聯繫。」

原本心有不滿的鄭尙醞這才想起要傳達的話，於是便更靠近李鹿一點。

「怎麼了？小璟怎麼了嗎？」

「不，他就跟平常一樣，把自己該做的事做完，讀書讀一讀睡著了，只是看起來狀態似乎不太好，但又好像沒有哪裡不舒服。」

「呃嗯……」

「怎麼了？難道您跟他吵架了？」

「不……只是他從幾天前開始，就一直問我一些莫名其妙的事情。」

「什麼事？」

「像是羅密歐與茱麗葉，或是人魚公主之類的故事。」

「是喔？嗯……大概是有出現在題庫裡吧？啊，殿下，雖然很抱歉，請您維持現在站的方向，將視線稍微往右。」

「啊啊，喔。」

李鹿收起漫不經心的心，照著鄭尙醞的指示行動，每跨出一步，就能感受到處處投射而來的視線，若不是多虧站在適當距離的翊衛司侍衛們，那些想盡辦法接近李鹿的人一定會很多。

另一方面，紫雲建設代表兼趙東製藥理事的韓元碩轉身後便動也不動，儘管不可能不知道這逐漸接近自己的巨大存在感來源究竟是誰。

「這好像是私下第一次與您見面。」

當然，不論韓元碩是否感到不自在，李鹿仍裝作不知情地開了口。

「不對，像這樣見到本人，好像是第一次？」

「……殿下。」

戳了戳韓元碩的肩膀並向他搭話，對方才不明不白地點頭問好，就連那種「我應該要事先拜訪您的，真是太不忠了」這種常見的表面問候都沒有。

但是李鹿並沒有因為對方的態度而感到不悅，反而因為有種在漠然的想像中突然豁然開朗的感覺，心情也不自覺好了起來。

就算是最壞的情況，李韓碩在被發現為冒牌貨之前，也一直很努力執行韓會長的指示，更不用說韓常璟也很老實地保守了祕密。

但儘管韓元碩知道現場有許多人在看，仍然對李鹿展現了不算客氣的態度。這代表他至少因為這樁婚事對韓會長感到相當不滿，甚至都直接省略了任何有社會經驗的人都能輕易裝出來的客套舉動。

「我一直都在擔心，到底什麼時候能見到您，還好您今天出席了這個場合。」

「您在等我？」

「那當然，如果不是韓社長的話，我也不需要這麼努力地露面，當然，電影節的宗旨雖然很好，但畢竟我也不是做慈善事業的……」

「慈善事業……一般來說，皇室的公務應該和損益相去甚遠吧？」

「所以反而要計算得更快啊，如果不是以製造利益為目標的公共事務的話那還很難說，這種事情不是應該更有效率地執行嗎？」

「效率……」

韓元碩似乎仍不是對李鹿抱有太大的好感，但好像對於李鹿不隱藏自己的某種詭計而感到興趣。

他輕輕一瞥朝向自己方向投射而來的手機和相機後，才晚一步發現，就算被拍到自己與皇室人員友好談話的照片，對他也不會造成什麼損害……

「話說回來，您怎麼知道我會來這裡？我可是個在文化藝術方面，任何一點股票都沒有的建設公司代表呢。」

「您是在開玩笑吧？」

李鹿稍微傾斜身體，拿起桌上的杯子，並以此作為信號，讓翊衛司侍衛們適當地阻斷人們的視線。

「趙東製藥和紫雲建設作為大股東的小型公司所投資製作的電影和電視劇，數量應該超過十根手指頭了吧？」

「這您怎麼會知道……」

「你們好像也沒有要刻意隱瞞吧？難道不是嗎？」

韓元碩的眼角顫抖著，明明也沒什麼違法的部分，儘管名字在製作投資者的名單上，而這也不是多大規模的投資，只不過是作為電影演員的贊助者罷了。

其實就像李鹿說的，他也沒有要刻意隱瞞，這樣的行為反倒像在誇示他的地位已經高到連眼都不眨地就能爽快提供某些人鉅額數字。只是當這件事從既年幼、又才剛要開始消化公務的受氣包李皇子口中聽見，還是覺得有點驚訝。

「您會連這種小事都拿出來跟我單獨面談，應該是有原因的吧……」

韓元碩隨著李鹿拿起杯子並搖晃了起來，杯裡的液體也跟著不安地晃動。

「難道是為了我那最小的弟弟？也就是現在住在柳永殿的那位，殿下您的訂婚對象。」

「對。」

「仔細想想，聽說事情都傳到春秋館去了呢，就是那孩子闖禍的事。」

「原來您早就知道了。」

「怎麼可能不知道？又不是在別的地方，在宮裡吸毒，一定很難封口吧？宣傳組真的吃了不少苦頭。」

韓元碩直接顯露出自己的不爽，並稍微推了推臉上輕薄的眼鏡，這麼一看，似乎能知道韓會長會指示李韓碩大膽做出那些虛假之事的原因了，也許是因為韓會長的基因太強大了，這只流著他一半血液的兄弟們，都有與他相似的地方。

總之，李鹿決定在心裡為韓元碩打上一個比第一印象還要高的分數。

儘管他知道那些醜事，也還是能如此泰然自若地到處贊助別人，實在是讓人覺得不爽。但如果他能從韓會長那親耳聽見這般祕密，就代表他在家裡的地位並不低；如果這些事情是他自己想辦法知道的，那就代表他有著自己信任的人，還有他另外運用的資金，反抗韓會長的意識也算是相當充分。

不論是哪種面向，對李鹿來說都不算差。

「我聽說您最近很忙。」

「是的，退伍之後也完成第一次的巡防，我現在也該做好自己的本分，好好過生活了。」

「該盡的本分……」

韓元碩輕輕掃視活動現場內部，似乎是在心裡計算著今天與李皇子這個傻瓜的對話是否能對自己有任何幫助。

「您當初認為我一定會參加這場活動嗎？」

「嗯……這裡不少人在看……如果偏僻一點的地方也沒關係的話，我們要不要換地方聊？」

翊衛司侍衛們稍微縮短距離並跟在兩人後面，雖然現在也不會有人膽敢靠過來，但還是會有某些偏執狂會放大畫面來解讀唇形，藉此推測對話的內容，所以以防萬一也不是壞事。

「父親是約定三年嗎？這個婚約。」

大概是因為沒了阻礙，韓元碩直接從最敏感的話題開始說起，一開始那滿是消極的防禦性態度消失得無影無蹤，又或許他是想向李鹿誇示自己的身分重要得連這種機密都能輕易開口。

「沒錯，是三年。」

「嗯……以我們現在身處的地方，大家應該也不會在意我們要做什麼吧？」

「是，似乎是這樣沒錯，您就放輕鬆點說話吧。」

「那我可以再問一次嗎？我很好奇您是憑藉著什麼原因，才會覺得我會參加今天這個活動？既然您似乎已經知道，那我就直說了。與我有交情的演員們不太會參加這種小型電影節。」

「這我知道。」

「再來，就算是投資人好了，我會親自出席的機率也很低。」

「我知道。」

「儘管如此，您還是覺得我可能會出現，所以一直守在這裡？」

韓元碩的眼眸深處，拂過了一絲的優越感，雖然不知道為什麼，但他似乎是認為李鹿為了自己而三顧茅廬地四處露面出席各種場合。

「更重要的是……」

雖然很努力地維持禮儀，但看到這麼快就開始藐視自己的韓元碩，李鹿還是忍不住臉上的苦笑。

是啊，可以確定的是，韓常璟不管怎樣都不是那個家裡的人。

「我該怎麼稱呼您呢？叫您社長？我只是很好奇您看不看得懂我所發送出去的信號罷了。」

「信號？」

「是啊，信號。」

自從知道了有關李韓碩的事情……正確來說，是下定決心要將整個趙東製藥還給韓常璟後，李鹿就出席了各種韓元碩可能會有興趣的場合。

而現在，雖然李鹿的突發行為和幼稚的話語所帶來的力量比想像中的還要大，但仍是一個無法見機行事的狀況。再加上由於趙東製藥韓會長的存在感十分強大，相比起來，社會大眾對其子女的注目度就不是那麼的高。

李鹿原本就因為從小不停往返濟州島與平壤，沒有那麼多時間能與其他有權者相互認識，且一般企業人士都為了看太子的臉色，而與李鹿保持距離。

眼前的這個人就更沒有理由做出賭注，成為站在李鹿那一邊的人。

若要與一點信任感都沒有的人結為同盟，那雙方期望的目標就必須要一致。

所以李鹿決定測試韓元碩，在別人眼中難以察覺，但是當事人韓元碩會覺得巧合到可疑的程度，不停地出現在他會有興趣的各種社交活動，為的就是隱約透露出自己想見他的信號。

「既然您都直說了，那我也就開門見山了，好險因為您原本就很忙的關係，人們本來就很難將您和我做出任何連結。」

「所以您是真的跟著我和我身邊的人嗎？」

「是的。」

「哈哈，那就是信號？」

「雖然那種表現方式有點恐怖，但總之您也是因為看懂了我的用意，所以今天才會出席的，不是嗎？」

進入思考模式的韓元碩用大拇指和食指慢慢地搓了搓鏡框，這個動作看起來是他的習慣。

「我還是猜不透，這應該是有關我最小的那個弟弟吧？但您會這樣悄悄放信號給我這個連一面之緣都沒有的人，究竟是為了什麼原因？」

韓元碩從一直在等著自己的李鹿身上，完全感受不到歡迎的感覺。

他帶著狐疑的表情喝著紅酒，卻像是突然想起什麼，驚訝地望向李鹿。

「殿下，您該不會是想繼續這場婚約吧？」

喔！李鹿在心裡吹起了口哨，感覺事情也許能結束得比想像中的還要快。

「我目前是這麼打算。」

韓元碩像是意外似地挑了挑眉毛，接著又馬上點了點頭，那感覺就像是不想再涉入更多，想劃清事情的界線一般。

「既然如此，那這應該不是我能決定的部分，您只要正式與韓家聯繫……」

「我不是想跟李韓碩維持婚約，而是想跟韓常瑮維持婚約。」

「……嗯？」

「我不是指那個偽裝成親生兒子入宮的李韓碩，而是被關在趙東製藥實驗室內的正牌韓常瑮。」

韓元碩厚實的臉頰顫抖了一下，也許是根本不想聽到這件事，只見他用力地皺著眉頭並往後退了半步。

而當氣氛在一瞬間變得冰冷後，翊衛司便忙碌地阻擋人們的視線。

「您怎麼會……」

「反正韓會長也知道我已經發現了。」

韓元碩呵呵地乾笑著，先前對李鹿所抱持的一絲好奇心正轉變為無視與輕蔑。瞧他一邊說著「所以」一邊搖頭的樣子，很明顯地能知道他心裡在想什麼。

「雖然不知道原因為何，但如果您是打算將我捲入你們這場小孩子的愛情遊戲……」

「不論我是談戀愛還是玩什麼愛情遊戲，也不論我和韓常環要做什麼，韓社長都沒必要知道，但是您得對欺騙我並進行婚事的事情負起責任。」

「責任？」

「這麼一看，您似乎也知道韓常環在趙東製藥受到什麼樣的對待呢。」

「殿下！您這是什麼意思？」

「想把無辜的人抓去打造成Omega的理由……很明顯吧？想想趙東製藥是個做什麼的公司……」

「不，這……」

「我還真是驚訝，您居然會認為這件事被我發現了，皇室還會安靜地就此帶過？真不曉得韓家到底是多麼小看皇室的人，居然做出如此草率的計畫，讓冒牌貨入宮。」

當李鹿的追究越來越激烈，原本僅僅只是張著嘴巴的韓元碩一臉困擾，又向後退了一步。這也是李鹿傳達給韓元碩的信號。

若是他真的想把這件事視為問題來處理，根本就不會如此輕率地直接發火。

「殿下，我和這件事沒什麼關……」

也許是感受到了李鹿話中奇怪的部分，剛才多少還有點慌張的韓元碩表情漸漸冷靜下來，那因驚訝而張開的嘴也緊緊閉起，因慌張而顫抖的臉部肌肉和下巴也再次找回平靜。

「因為沒想到會從殿下口中聽到這件事，我確實是感到非常驚訝……但您似乎不是為了埋怨或是對我發火，而如此努力地做到這種地步的吧……」

韓元碩怪異的眼神又穿過眼鏡望了過來。

「難道您是想用這件事將父親拉下臺？」

「而您打算將我當作那張牌？」

當李鹿一語不發地僅是靜靜盯著對方，韓元碩便嘆出長氣，雖然沒有發出太大的聲音，但從他草率放下的酒杯內的酒朝四處噴濺來看，他似乎感到非常不滿。

「……殿下。」

從緊閉雙眼、緊咬雙唇的韓元碩身上，能感到好幾種情感。

他似乎是覺得這突如其來的情況有點有趣，一方面看起來也像是難以容忍這種不適的感覺。企業家的心理讓他開始計算著讓這沒頭沒腦說著囂張言論的年輕皇子殿下究竟能獲得多少利益，但韓元碩的個人自尊又似乎讓他忍不住糾結。

「製藥和建設看起來雖然是毫不相關的領域，但其實有很多相似的地方，該說是經營公司的方式嗎？總之就是那些部分很相似。」

「例如呢？」

「首先，要看見利潤的過程非常辛苦，階級也非常明確，在很多方面來說也可說是老舊。」

當提到「老舊」兩字時，韓元碩的發音特別用力，意思就是他最不滿意的就是那個部分，就像現在這種一個年輕小伙子頂撞自己的情況。

「您是否因為我的接近而感到不便呢？我倒覺得這個方式很傳統。」

「傳統？」

「難道不是嗎？我不是去了好幾個您可能會有興趣的場合以表明心意嗎？這應該是既傳統又浪漫的方式吧？」

看到厚著臉皮歪頭發問的李鹿，韓元碩一副像是極度無言似地乾笑幾聲。

「是啊，好吧，就當我答應照您所說的去做好了，但是您打算用什麼方法？您打算怎麼將身經百戰的父親拉下臺？」

「雖然我目前還沒能確切掌握住趙東製藥的內部情況……但在我看來，韓常璟應該持有相當程度的股份。我的意思是比起所有家族成員來說。」

聽到這，韓元碩的臉上終於出現了笑意。

「這……」

「對外他被包裝成最受愛戴的小兒子，但畢竟他只是個不被當人看的實驗體……只有名義上是韓常璟罷了。實際上就跟韓會長的錢包沒兩樣吧？所以想必很大一部分的資產都已經被另外保留了，不是嗎？」

韓元碩至今從沒想過要將韓常璟……正確來說是將韓常璟的名義用在對自己有利的方向，而這並不是因為韓元碩愚蠢，又或是有什麼不足之處，而是因為他也受到那無情的父親的長期洗腦。

以韓常璟的名字所擁有的一切想當然都是韓會長的，並不是你能得到的東西，只要稍微忍耐並相信父親，總有一天，這一切都會是你的……想必韓會長一定是這麼洗腦韓元碩的吧？就像他對韓常璟做的那樣。

「……就算把我和那孩子所擁有的一切都得到手，在股東大會上也不可能超過半數。」

「當然囉，我得再找更多人手才行。」

「哈……您該不會連這部分也要我做吧？」

「我們連花宮在物質上與精神上，都有意願要給予幫助。」

韓元碩低下頭，感覺就像是將既無言又慌張的心情誇張地用整個身體表現出來一樣。

「殿下，經營一家公司可不是小孩子們的家家酒。」

「哎呀，看來社長沒做過服務性的活動呢，小孩子們的家家酒是更殘酷的，因為小孩子不懂何謂婉轉，不論是言語又或是行為。」

韓元碩不再反駁，而是整理了自己的衣袖，看來是不想再繼續說下去了。

雖然李鹿隨隨便便就在自己面前提起韓常瓔的事，還提議說要把韓會長拉下臺，確實是令人很訝異……但韓元碩終究做出了判斷，他認為自己若參與這件事並無法從中獲利。

也許是因為李鹿不停地找碴，而讓韓元碩看起來十分疲憊。

「教授剛才說過，他不覺得皇室的公務有什麼了不起的，二十三歲的小毛頭能做什麼？但結果卻超乎了預料。」

放下只沾溼嘴唇的紅酒杯，李鹿凝視著韓元碩。

「雖然我也覺得這種不像樣的身分總有一天必須消失，但是，只要名義上皇室仍健在，您應該也知道跟皇室有點淵源並不會有壞處。」

這是理所當然的一句話，若要建立好形象，再也沒有比皇室更好的工具了，而且就算不用花上大筆花費，也能獲得外國媒體的歡心，韓元碩也很清楚這不可忽視的好處，畢竟建設業可說是對於海外發展及投資最敏感的產業了。

「雖然這話對殿下來說有點冒失，但皇室成員可不是只有您，而現在也已經有幾位非常熟悉公務，更有著相當程度支持者的人了。」

「但是在那之中最接近繼承順序的人，只有太子殿下和我，不是嗎？雖然現在上面還有幾位長輩，但隨著時間流逝，再也不會有人比我們兩個擁有更大的力量。」

「更重要的是，就算您心裡想的是皇室裡的其他哪個人，他們身邊也已經有許多人了，特別是太子殿下……依照兄長的情況來看，他是絕對不會讓與我曾有過婚約的企業接近自己的。」

韓元碩盯著地板的某處陷入沉思，但他並沒有低下頭，只是將視線向下。

「……是嗎？雖然我現在還是覺得很莫名，但我知道您為什麼會想找我了。」

他那猶豫張嘴的樣子，感覺與今天活動的主角盧教授非常相似，就連那因為自己毫不修飾的語氣而感到掙扎，但最後低下頭想迴避的樣子也是。

「但是要談這種事情，殿下您的年紀實在是太小了。」

也許是因為不論聽到了什麼，李鹿都似乎不會退讓，韓元碩便拿出最老套的藉口。

「還有……」

「韓社長，您乾脆就說您對經營權沒有興趣好了。您應該很清楚，不可以把我當作普通的二十三歲青年。」

當李鹿一打斷話，韓元碩便推了推眼鏡，感覺就像是在說「是啊，我就是不滿你這血氣方剛的態度，還有你那一點都不知謙遜的眼神」。

「就算那些只看好事、不需要知道這種亂七八糟幕後故事的人，將我視為現在才剛滿二十三歲的年輕李皇子也無所謂……但是韓社長，您不可以。」

「我不是個平凡的二十三歲小孩，我可是個在皇室長大的人啊。」

李鹿大大向前了一步。

「濟州島、遙遠的海外、平壤……雖然兄長一直折磨著我，但我也沒有屈服，而是忍了下來，儘管媒體說我是個會隨時發情的突變種，我也只是笑笑帶過，從出生到現在，整整二十三年。」

當高大強壯的身體、巨大的影子一占滿整個視野，韓元碩便像是感到壓力似地往後退，感覺像是同樣身為男人，卻在身材上感受到壓倒性的差異而傷了自尊。

「二十三年，既然經歷了這麼長時間的痛苦，那不論是事業還是經營，我都認為我有能力完成。」

長得與年輕時的韓會長十分相像的他靜靜地盯著放在桌上的紅酒杯，視線不停地在自己那平靜得好似失去生命力的酒杯，以及李鹿那因為剛放下而產生如漩渦般波動的酒杯上不停來回。

「……您是搭飛機來首爾的嗎？」

韓元碩在深思熟慮後所丟出的一句話，可以用多種意義去解釋，雖然很明顯的是想為今天所進行的對話做出結論，但感覺後面還有要繼續接下去的內容。

「不，我是搭直升機來的。」

一絲的狂傲、好奇心，以及慌張……去除那五味雜陳的情感，韓元碩轉過半身，這是他第一次在李鹿面前，以企業家的樣貌面對李鹿。

「那時間也晚了，我們就先離開吧，我來送您。」

「不用了，我來送您吧。」

當李鹿燦笑地說著「能搭乘設有李皇子標誌的車的機會可不多」時，韓元碩的眉頭便與李鹿的眉間相反地緊皺了起來，感覺就像是在思考若與這個光有一張嘴的年輕小鬼合作，究竟是不是正確的選擇。

「如何？」

自搭上直升機的那一刻起，就只盯著手機看的鄭尚醞終於抬起了頭。

「您是指韓元碩吧？這個嘛……好險他看起來滿有野心的，但也許是他在韓會長底下長時間看他臉色過活，所以我也有點擔心他那有點模稜兩可的態度。」

「嗯，他的情緒起伏確實看起來有點嚴重。」

「是啊，他不僅易怒，就連那股自卑感看起來都不像是一天兩天所造成的……不過值得慶幸的是，最終還是成功得到正面的答覆，只是以後還是別再用像是今天這樣的方式去刺激他比較好。」

沒錯，從李鹿向他搭話的那一刻起，到不久前下車為止，韓元碩的表情和語氣就轉變了好幾次，他似乎是個就算十分熟識，也無法輕易相信的對象。

如果彼此渴望的事情沒有一致到這種程度、如果不是會讓韓元碩賭上自己人生的事，也許事情就不會進展得如此順利了。

「唉……我現在終於知道每個見到我的人，都要拿年紀來說嘴的理由了。」

「這麼突然？」

「如果我有多一點經驗的話，今天應該可以表現得再好一點的……」

李鹿將身體埋進了安全座椅，並發出了哀號，如果過去能再多經歷幾次這樣的場合，今天就能以更優雅、更有歷練的方式來向韓元碩追究了。

和所見所聞相比，實際經驗上帶來的差異還是沒辦法輕易補足。

「你不覺得很像在演戲嗎？」

「您是指您嗎？」

「嗯，就是我一開始強烈逼迫他的時候。」

「嗯……有誰打從出生開始就熟悉該如何壓迫他人呢？只是您還不到陛下或太子殿下那種程度，但您現在也算是將人操控得非常熟悉了，別擔心。」

「什麼？你現在是在稱讚我嗎？」

鄭尚醞帶著討人厭的表情聳了聳肩，一邊表示「那不然呢」？

「總之，我似乎也能理解韓元碩為什麼會提到建設公司的特有經營方式，看來他比我們預想的還要急性子呢，真是的……又不是什麼推土機。」

「這個嘛……」

鄭尚醞說的似乎沒有錯，但卻好像又有哪裡不對，李鹿只是點燃一個小小的火苗，而韓元碩會開始激動，完全是他自己的個人意志。

這無法用他從事的業種特性、又或是單純的性情問題之類的理由來說明，也許他至今為止也正等著某個可以在自己身上點燃一把烈火的人吧。

在移動至登機口的路上，李鹿和韓元碩其實也沒聊什麼了不起的內容，他從頭到尾都沒有透露那些暗藏在背後的資產究竟有多少，反而是說著既然要做，那就快點行動，看起來簡直像是兩個喝醉酒的人在發酒瘋似的。

「給韓常璟的股份絕對比想像中的還要多，我想殿下您也已經知道了。」

「我並不知道整個詳細狀況，只是覺得很神奇，你們家至今為止都沒有其他家人反對。」

「那只不過是因為……至今為止都沒人太在意這件事，反正那是在父親去世後，我們一定會得到的部分。與其現在就想著該如何奪走那部分的財產，大家反而忙著準備日後與其他家人們間的爭奪，而這件事情也都已經傳出去了，我想您應該已經知道了吧……」

儘管如此，李鹿無法將這一連串的話語視作無毫無意義的對話。

就是因為韓元碩不時透露出的鬱悶眼神不僅與韓會長相像，另一方面也與李鹿身為太子的兄長相像，同時也很像有時會在鏡子裡看見的自己。

那份沸騰了好長一段時間，只等待著達到沸點的明確憤怒。而按下這份長久隱忍下來的怒氣開關的，應該就是突然出現的李韓碩了吧？

因為這突然登場的競爭者沒經歷過任何廝殺，就將韓元碩這些日子以來熬過的試煉，全部變成了可笑的笑話。

「話說回來……您是認真的嗎？」

「哪個部分？」

「到目前為止，您所提出的條件就是和韓常瑔維持婚約。您該不會要我相信您是為了這膚淺的情感，才想圖謀這件事的吧……」

「您不是說您對小孩子的戀愛遊戲沒興趣嗎？」

「雖然沒興趣，但是我還是得想想在這件事上所下的賭注啊。」

「雖然在韓社長您眼裡可能會覺得沒什麼了不起的，但光是讓趙東製藥換人做主，我所希望的事情都會自然解決，最重要的是，要讓擁有資本和媒體力量的企業變成我的人，並不是一件簡單的事。」

「但國內又不是只有趙東製藥一家企業。」

「話雖如此，但與特殊體質問題有關連的企業，就只有趙東製藥一個，我想先從既方便、又熟悉，馬上就必須解決的問題開始。」

不曉得是否因為特殊體質的相關話題讓他感到不自在，韓元碩在那之後就便什麼話也沒說了。韓常璟的問題是家裡無可辯解的陰暗面，也是最糟糕的一部分，當然，其中也包含了普通人對特殊體質擁有者的偏見。

「其實真正的問題在這之後，韓元碩在將韓會長拉下臺後，一定會理所當然地表示要將韓常璟的資產交給他。」

「相反的，在將韓會長拉下臺之前，他什麼伎倆都不能耍，而面對經營權之爭時，兄弟間股份的來往，一定會成為人們的話題。」

現在的李鹿只希望韓元碩那認為光是讓韓常璟恢復自由之身，就算是施捨他的愚蠢傲慢態度可以一直持續下去。

「對了，李韓碩呢？」

「依照您的指示，讓他乖乖待在宮裡。」

當時在被李鹿打個半死後，李韓碩就搬遷到書庫附近的一間小房間，雖然鄭尚醞表示李鹿可以隨時過去找他洩憤，但懂得理性思考的李鹿卻搖了搖頭。

取而代之的是，李鹿要人好好照顧李韓碩，完全不計較價錢，只要是人家說對身體好的食物，就都拿去給他吃，但越是休息、體力越是恢復，就讓李韓碩覺得更痛苦，因為被禁止用藥、禁止做愛，就那樣被關在一個小小的房間裡，讓他幾乎快要發瘋。

就算氣得想依照之前的習慣對東西又揍又砸的，但在這如倉庫般的小房間裡，有的就只是軟綿綿的被褥。

在他明白到就算去揍堅硬的牆壁或門，痛的也只會是自己的身體後，李韓碩從好幾天前開始，就只是躺在地上大聲哀號。

李鹿一直想著，自己必須得和那些欺負自己的人不一樣、得像竹子一樣剛正挺直，雖然內心不斷如此鞭策著自己……但現在真的搞不懂了，對這些如此對待韓常璟的人，真的只要這種程度的報仇就夠了嗎？

都無法原封不動地奉還那些欺侮了，若只是做出這點程度的復仇，自己是不是就好像變得跟那些人一樣了呢……

「……總之，好好照顧他，至少身體要健全，才能參與廣惠院的臨床試驗。」

李鹿已經決定不久後要將李韓碩送進廣惠院了，因為已經和廣惠院說好，要祕密試驗各種能治療那傢伙症狀的新藥。

如果連對藥物上癮的李韓碩都有效的話，一定也會對韓常璟有所幫助，雖然儘管如此，李韓碩感受到的痛苦也不及韓常璟的一半。

「……怎麼會如此剛好地遇見他呢？」

「韓元碩嗎？」

「不，我是說韓常璟。」

李鹿將手肘靠在車窗，望向熟悉的路，該怎麼說明才好呢?在跟韓常瑮扯上關係後，所有的一切都變得很順利，有種唯一一個缺失的拼圖碎片被找回的感覺，甚至讓人不禁懷疑，至今為止所經歷的痛苦人生，也許就是為了在與他相遇後順利解決一切。

「所以您打算繼續維持與韓常瑮之間的婚約？」

「……嗯，我們又沒有分手，就這樣解除婚約不是有點那個嗎？」

「天啊，您記得我當時問您是不是對韓常瑮有意思時，您也是做出這樣的答覆嗎？」

「嗯……我有那麼說過？」

「天啊，我現在終於明白為什麼韓常瑮會問您羅密歐與茱麗葉的事情了。」

鄭尙醞無言地表示一定是因為韓常瑮影響了李鹿，才會讓李鹿也老說些情啊愛啊的東西，而李鹿沒多說什麼，只是伸了一個大大的懶腰，黑漆漆的窗戶上隱約映照著自己嘴角上揚的樣子。

李鹿這才發現，當他想起韓常瑮時，竟然會露出如此傻瓜般的表情。

在與韓元碩之間的合作有具體的進展之前，李鹿都不打算顯露聲色，一切辛苦的事情，都將由自己一手包辦，韓常瑮只要多吃點好吃的東西、每天穿著漂亮的新衣，無憂無慮地好好休息就行了。

Whispers Through the Willows

第14章

因為一直趴著的關係，壓在書桌上的臉變得有點發麻。

韓常瓔那好似塌陷的同側肩頭也跟著痠痛起來，他努力忽視開始壓迫身體各處的感覺，靜靜地閉著雙眼，彷彿那股痛覺讓自己有種活著的感覺。

當因想起李鹿而覺得心口隱隱作痛之時，韓常瓔就會懶懶地張著眼睛，並緊盯放在角落的藥瓶。

乍看之下，那藥瓶平凡得會讓人以為是營養品，一點特色都沒有，但實際上卻是種光用聞的也非常危險的藥劑。

「……真的要死嗎？」

有氣無力的嗓音被藥瓶反射回來，本來他打算跟李鹿商量，而殿下一定也會希望自己可以與他商量，儘管知道這些，在接下藥瓶後過了好幾天的現在，自己卻還是無法開口。

那天……宮女將溫暖身體的茶和毒藥一起帶來自己房裡的那晚。

在前往御膳房的途中，韓常瓔一直在心裡反覆想著要告訴溫柔戀人的話，「連花宮的人傳來了韓會長的指示，叫我喝下毒藥自殺」，不過就這短短的兩句話，其實一點也不難。

但是……一看到臉上沾有麵粉，並用燦爛的笑容迎接自己的李鹿，韓常瓔便什麼話也說不出來。

到最後，韓常瓔只稱讚著對方為自己做的餃子很美味，並盡全力露出燦爛的笑容，雖然知道若是吃了，待會一定會不好消化。

但他還是一邊安撫自己躁動的腸胃，一邊抱著必死的決心將李鹿給的所有食物全都吃完。

同時，韓常璟也很努力地想粉碎那一直浮現在腦海裡的最後結局，坐落在書桌上的可疑藥瓶以及殿下將熱騰騰的餃子往自己面前送的純真臉龐，不停地反覆出現在他的腦海之中。

若要說李鹿做錯了什麼，那就是答應狡猾的韓會長要進行這場婚約，不，這畢竟是無可奈何的事，所以也不該說是他的錯。

從李鹿成年之後，與特殊體質有關的恐怖謠言就傳了開來，聽說相關部門因為人們這些流言蜚語也十分辛苦，畢竟連對社會動向毫不知情的自己都能輕易察覺了。好險的是，現在那些荒誕不經的言論多少有點消退了……

窗戶的另一邊閃爍著隱約的燈光，那些屏住氣息走路的腳步聲，小心得就像是踩著霧氣的貓，看來已經到侍衛換班的時間了，在太陽下山後聽見了兩次這樣的聲音，那麼這次一定就是最後的換班了，這也代表再過幾個小時後天就會亮了。

「哈啊……」

只要向前跨一步，就會出現另一座更巨大的山，還會出現高到令人懷疑是否真的能順利爬上的高峻階梯，明明他跟李鹿約定好要變得堅強，明明答應過他會嘗試鼓起勇氣。

但這一點都不簡單，所謂的生活、所謂的人生，對其他人來說似乎沒這麼嚴苛啊……但他為什麼卻有一堆得賭上性命去證明的事情呢？

韓常環撐起僵硬的身子，雖然他睡不著，但還是得裝裝樣子。之前已經答應過李鹿，即使是一整天都很難聽見對方聲音的忙碌日子，兩人也要一起吃早餐，若讓尊貴的他看見自己因整夜沒睡而長出的黑眼圈，想必一定會很擔心。

李鹿今天去首爾了，好像是說要參加與電影節有關的活動，他從廣惠院回來後，就一直在消化那些累死人的行程。

雖然也有人罵說他什麼也沒做，只不過是到處露臉，但皇室人員的公務本來就都是那樣，到各處去露臉、吸引世人的目光。

當然，並不是那麼做，李鹿就能得到多大的回報，但是人潮聚集的地方本來就會有金錢的流動，掌握權力的方法其實也不難，就算沒有落入自己的荷包裡，但如果能夠左右資金來源的話，就可說是擁有這世上最強大的力量了。

人們的好感、接連不斷的話題，最終會將李鹿打造成一個巨大的品牌，而他現在正處於一步步打造基礎的階段。

也因為這樣的原因……韓常環就更加無法將事實告訴李鹿，對方說著能在主要部門的預算編列會議上發聲，滿是笑容的臉龐至今都還很鮮明地浮現在韓常璟腦海中，也知道現在在李鹿身後撐腰的人們所給予的善意是最重要的……

若殿下在這個時候跟韓會長鬧翻的話，究竟會發生什麼事呢？不用看就知道，那些惡毒的輿論，一定又會像以前那樣，毫不留情地刺向殿下。甚至最恐怖的是，整件事情的起始點會是自己。

「唉……」

韓常璟好不容易才離開了書桌旁，來到床邊坐下。

他很難戰勝這排山倒海席捲而來的各種情感，韓常璟將身體蜷曲得圓圓的，再把頭埋進了膝蓋間。

當初那位給自己忠告的宮女並沒有說錯，現在自殺是最好的選擇，雖然李鹿會難過一陣子，但至少以後就不會因為這個問題、不會因為自己與趙東製藥的事情而頭痛了。

想想這些日子以來從他那得到的東西，就覺得不可以再繼續給他添麻煩了。

「……還是打起精神來吧。」

韓常璟咬緊牙關，努力控制自己的情緒，再這樣下去，要是等等在殿下面前也哭了的話，那就大事不妙了。

畢竟現在還有一點時間，就算明天世界就要滅亡了，他在李鹿面前，也只想展現笑容給他看，在喝下毒藥之前也要認真地完成他所給的作業，還要把廂房打掃得乾乾淨淨的，就算不能種下一顆蘋果樹，也能努力地將這為自己遮擋陽光的的垂柳記在腦海裡。

「韓常環？」

在突如其來的叫聲之下，原本還獨自悲壯地點著頭的韓常環突然抬起頭，是誰來了？

「是我。」

「殿、殿下？」

這聲音不是從設有層層裝置的門外傳來，而是從窗戶的另一端傳來的。

韓常環揉揉眼後邁開步伐，感覺到動靜的他便打開窗戶。

「我路過的時候發現燈還亮著，想說你應該還沒睡，所以就叫叫看。」

李鹿淘氣地笑了笑，並把下巴抵在窗戶上。

本來以為他只是在深呼吸，結果他那高大的身體一瞬間就躍進了屋裡，就算這座廂房只有一層樓高，但窗戶的位置可不低啊……是因為他腿長，所以才能如此輕易地越過窗戶嗎？

總之，這個宮殿的主人進入廂房的樣子越來越像非法入侵了。

「嗯……雖然擅自闖入的人不該說這種話，不過這窗戶比想像中的好開耶，看來得想辦法修一下了。」

「那是因為我沒有鎖好……不對啊，您為什麼要從這裡進來？」

「還不都是因為鄭尚醞叫我今天連覺也別睡，把剩下的工作全部解決，你可知道我今天有多麼努力工作。」

這個半夜突然闖進自己房裡的流氓燦爛地笑了。

「這樣一說，就覺得這是一名會把國家揮霍殆盡的暴君所找的藉口呢。」

在巨大的窗戶再次關上之前，後面隱約可見的侍衛們就像是裝作不知情似的，望向遙遠的某處。

「因為房裡的燈亮著，所以我還以為你在做什麼呢。」

李鹿大步走了過來，並摸摸韓常璟的臉。

「早知道你在睡覺的話，我就不會叫你了。」

「啊，我沒有在睡覺……」

「可是趴著的痕跡很明顯耶！」

那雙突然伸向自己的手輕輕地覆在了臉上有紅色痕跡的地方，也只不過是這樣，卻讓韓常璟稍稍顫抖了身體，搞得李鹿帶著多少有點尷尬的神情向後退。

平常他不會對李鹿的體溫，有如此的反應啊……

「啊，很痛嗎？」

「不、不是……我只是……」

「什麼啊？應該不是有哪裡不舒服吧？」

「沒、沒有，只是因為睡不著……呃，應該說一直失眠……」

因為怕李鹿擔心，韓常璟趕緊換了一種說法。

也許是這番話聽起來更加可疑，李鹿便瞇起眼睛。

此時的韓常璟，甚至能感受到一股熱氣瞬間湧上脖子，真不曉得他為什麼會這麼緊張，是因為不久前還沉浸在憂鬱之中嗎？還是因為有事情瞞著他？啊，仔細一看，還沒把放在書桌上的藥瓶藏起來呢……

「那個……殿下，雖然很抱歉，但因為我還沒洗澡……」

韓常璟想要盡快把他送走，便找了一個超級爛的藉口。

李鹿之前可是看了掛在房裡的毛筆，就馬上就發現那並不是正清殿的物品了。他也有可能會馬上發現桌上那一看就不屬於宮中物品的奇怪藥瓶。

「常璟。」

「是？」

韓常璟為了回話而抬起頭，這是自李鹿進入房間之後，第一次認真地與他對視，韓常璟咬緊張地吞了吞口水。

「你好像也沒哭啊，但是眼角為什麼那麼紅？」

李鹿再次伸出手，這次還是緊緊地抓住韓常璟的後頸，讓他連逃也逃不走。

而李鹿在近距離下反覆掃視他的眼睛……看起來無比漆黑，腳尖傳來無法忽視的酥麻感，就像是觸電一樣「啪滋啪滋」的，全身上下的所有神經都開始跳動了起來，那是他暫時忘卻，但卻令人熟悉的感覺。

「不、不……我……」

雖然韓常璟很想努力無視這股席捲而來的燥熱感，但他傳來的每股氣息都非常的溼潤溫暖，在那明確感受到的性暗示下，李鹿緊抓著韓常璟的指尖也顫抖了起來。

仔細想想……好像已經很多天沒跟他發生關係了，現在的韓常璟是真的想哭了，儘管在這種情況下，他這經歷過多種藥物及實驗的身體，似乎正明確地表示需要Alpha李鹿的精液。

「喔喔……我先去洗澡……」

「是因為我喊了你的名字嗎？」

「……嗯？」

韓常璟慢慢地眨了眨眼睛，面對現在這場無法猜測的對話節奏，他不禁感到有點慌張，為什麼要突然問這個問題？但是他那道出奇妙問句的嗓音聽起來實在是無比小心，搞得韓常璟也不好意思反問。

他像隻金魚一樣，嘴巴一開一合地想著該怎麼回答才好。

韓常環慢了一拍才嚇得摀住嘴巴。

他終於明白這句問句的意思了。仔細想想，之前……曾僅僅因為殿下喊了自己的名字，而興奮到發生了難堪的事情，那對李鹿來說，想必絕對是一個難忘的強烈記憶吧？

「……不是。」

韓常環快速地搖頭否定李鹿的猜測，但眼看李鹿在聽到正確解答之前，似乎都沒有要退讓的跡象，韓常環便努力發出了聲音否定。

因為出力而本該發白的指尖，瞬間染上了紅潤的顏色，如果殿下直接問自己現在怎麼會這樣，那倒還不會覺得這麼害羞……

「那是為什麼？」

「啊……不……」

「我不會接受你說沒什麼的，所以你最好打消這個念頭。」

李鹿那盯著自己看的視線如著火似的炙熱，但卻之前那種情欲烈火有著確實的不同。

就是……他看起來非常擔心自己，是因為透過廣惠院知道自己的身體並不正常嗎？啊，那也許……他到現在都沒與自己發生關係的理由就是這個。

當然，李鹿的確因為很多事情而忙得不可開交，但也有可能是因為怕自己哪裡出問題，而故意躲著自己，畢竟他可是個既慈祥又溫柔的人……

「廣、廣惠院不是說過了嗎？」

「嗯。」

「我的身體裡……有、有幾個、與特殊體質的人相似的腺體。」

「嗯……是啊。」

「我在想……這大概也是其中一個影響吧……」

「影響？你是不是真的不舒服？」

「與、與其說是不舒服……」

在李鹿的緊迫貼人之下，韓常璟的心臟就像要爆炸一樣地猛跳。

「這話您聽了可能會覺得有點倒胃口，總之我……我不是有點不一樣嗎？在、在做那個……的時候……」

當韓常璟用虛弱的聲音小聲地說著，李鹿便皺起眉間並將身體靠向他。看來是韓常璟剛才說話的聲音太小了。

「你說什麼？」

「和殿下……那個的時候。」

「……啊啊。」

「我的身體……平常也很容易有反應，畢竟我的身體就是被刻意打造成這樣，但奇怪的是，在和您做過後……就會稍微好一點。」

「好一點的意思是……身體不會痛？」

「不是，我的身體以前也從沒痛過，只是……該說那裡很容易溼掉嗎？還是該說身體動不動就會發熱呢？總之只要跟您在一起，那樣的症狀就會減少。」

「……啊啊。」

李鹿持續發出「啊啊」的嘆息聲，似乎是越聽越明白韓常璟的意思，嗓音也跟著逐漸變大。

「所以……我覺得……」

韓常璟支支吾吾地想著，大概也沒有比這個還要更害羞的事情了，於是便直接向李鹿提出請求，要他幫忙。

「因為殿下的精液……似乎對我的身體有點效果……對、對不起……」

「不，沒關係，嗯……好吧……」

李鹿在心裡不停地反覆著「我的精液」。

「正確來說，應該是Alpha的精液吧？」

「大、大概吧……」

「所以你現在的狀態……」

「是……但是……這只是我的猜測。」

韓常瑮這時才明白，為什麼研究所的員工們要把自己的身體設計成這樣，因為不論是被關在實驗室裡，還是被關在別墅裡……自己這輩子都很難遇到Alpha……所以才會隨便餵自己吃奇怪的藥，讓自己的身體變成總是處在興奮狀態的身體吧？若不是遇到了李鹿，自己可能就算與他人發生關係，也會因為這無法被滿足的焦急感而漸漸瘋狂吧？

「您很累吧？」

「嗯……」

李鹿一臉難堪地緊咬著嘴唇。

「既然您很累，那也沒辦法……」

「韓常瑮，我……」

李鹿那緊緊皺起的眉頭，感覺就像在說這根本一點也不重要似的，在聽到韓常瑮的身體狀態後，莫名地害怕如果讓他的身體像之前那樣動作，會不會發生什麼事。

而且他也不能當作沒這回事，理解到對方難堪之情的韓常瑮，心裡感到過意不去的同時，也感到很抱歉。

但是現在已經沒剩下多少時間了，韓常瑮並不想在剩餘的時間內，僅執著在做愛這件事上，不希望自己在李鹿心中最後留下的印象，是個因為一點小小的刺激，下體就會有反應的怪人，所以……

「那……如果殿下不反對的話，我可以稍微吸一下嗎？」

「……什麼？」

「雖然知道您會覺得彆扭，但總之這樣您的精液就能進到我體內……」

「不是啊，等一下，我為什麼會覺得彆扭？」

李鹿大大地嘆了一口氣，並抓住韓常璟的肩膀。

「我當然一直都很想觸碰你。」

李鹿笑著表示，怎能有辦法每天看著喜歡的人，卻還無動於衷。

「管他公務還是什麼的，其實我常常想著要緊緊抱著你，跟你好好纏綿一番，而且我比你想像的還想這麼做。」

「可是……我以為您是因為擔心我的身體而在躲我。」

「當然，這的確也是，但是……呃嗯，我……」

李鹿的手從韓常璟的肩上滑落，腰部被健壯的手臂纏住，並像是被看不見的風往前吹似地拉向前。

他明明沒有出太大的力量，但相觸的衣服間卻感受不到任何空隙。

「我甚至還覺得……也許你之前根本就沒那麼享受性事，想說那是否終究只是因為藥物而產生的反應……」

高級絲綢的另一端傳來了心臟的噗通噗通聲，在韓常瑮快速地搖了搖頭後，耳邊便響起了沙沙聲響。

一股像是在表示自己已經明白所有意思的溫暖氣息落了下來。

「而且在我看來，關於性愛，你在某些方面知道得相當透徹，但某些方面又一無所知。我想，如果你養成一直要做愛的習慣，似乎不太好。」

「不……不會啊……」

「還有，比起性事……我還得讓你知道更多對普通人來說是理所當然的事情，像是你最近很著迷的那個有名的悲劇。」

李鹿說著《羅密歐與茱麗葉》一邊輕輕地笑著。

啊，要說好險，還真是好險，他似乎是認為自己很熱衷那些古老的愛情故事，但其實韓常瑮只是在好奇那些知名的悲劇裡，難道就沒有任何一個是以幸福結局收場的故事嗎？

這樣的他抱持著一絲絲的希望，想著也許自己已被預定的未來，也能轉變為幸福的結局。

但如果真有那種事，這些故事一開始就不會被貼上悲劇的標籤了吧……

「還有你剛問可不可以吸……當然沒問題，嗯，應該說是好啊，但是我也才剛回宮……」

李鹿輕吻了韓常瑮的眉間，詢問要不要一起洗澡。

「我正好也想解放一下身子呢。」

「喔……殿下。」

「嗯？」

「您在這洗澡會不方便嗎？」

「沒什麼好不方便的啊……怎麼了？我的浴池不怎麼樣嗎？」

「沒什麼……」

韓常瑮低著頭，並抱著必死的決心想著藉口，若是在兩人離開的期間，鄭尚醞進房間裡，然後發現了那個藥瓶的話……後續的發展連想都不敢想。

先前明明答應李鹿不能再對他說謊，但現在又多了一個祕密，但如果有人在好奇之下打開了瓶蓋，而讓人受到傷害，自己可是無法承受那股罪惡感的。

所以還是在這裡一起洗澡，並在疲倦的殿下睡著時，偷偷將藥瓶藏到書後就行了。

「因、因為我想在窄的地方一起洗澡……」

「窄的地方？」

「不要在那麼寬敞的地方，啊，當然，那裡真的很漂亮，一切都很好，可是……」

「所以……」

李鹿揪住韓常璟的下巴，那不停說著無意義話語的嘴唇輕輕地張開來，看著縫隙間溼潤的嘴舌頭，他便幫自己整理了那雜亂無章的句子。

「所以你的意思應該是……想去只容得下兩個人的狹窄地方做？」

「對、對。」

「嗯……雖然我沒在那麼窄的地方做過，不過在廂房浴室內能做的體位應該很有限。」

「這樣我也沒關係。」

「我就換句話說吧，我是擔心光靠那幾種姿勢，你會無法承受我最近一直隱忍的欲望。」

李鹿彎曲著食指，輕輕掃過韓常璟的額頭和鼻梁，他那慢慢描繪出臉部線條的手，傳來溫暖的熱氣。

韓常璟疑惑地歪了歪頭，這和自己先前所擔心的完全不同，確實是性方面的興奮，但是為什麼會覺得這麼陌生呢？他確實是想和自己發生關係……但似乎又期望自己拒絕。

明明用著彷彿要立即撕碎身上衣物的姿勢望著自己，儘管能明確看出大腿附近腫脹的生殖器輪廓，但是……感覺自己現在拒絕不做，他似乎就會真的不會做。

「殿下，我……」

「嗯，你怎樣？」

雖然等著對方給出答覆，但卻是一個令人什麼話也說不出來的催促，他那帶有相反意義的目光似乎比平常還要濃烈，下垂的眼皮和微微滴下的頭被慢慢地抬了起來。

李鹿那黑漆漆的眼珠掃過韓常環因吞嚥口水而顫動的喉結。

韓常環感覺後頸冷汗直流的感觸，李鹿凝視自己的眼神色情到會令人起雞皮疙瘩，就像在催促著「再多動點身體」、「既然想吸，那就把嘴張大啊」。

「那個……殿下。」

「廂房裡也有浴池嗎？」

李鹿的嗓音馬上就沉了下來，那感覺就跟在射精之後，向自己東問西問時非常相似。

啊啊……現在再也不能怪罪於藥物或特殊體質的關係了，雖然想展現自己一忍再忍的耐力，但對方努力隱忍的嗓音……比起至今為止聽過的淫蕩言語，都還要能刺激韓常環的身體。

「有……嗯……有是有……但是沒那麼大。」

舌頭下方雖然積滿了口水，卻覺得口乾舌燥，是因為這種極端的狀態共存影響嗎？韓常環的聲音聽來總是有點分岔，但又完全不像李鹿的那種性感，不過是一種充滿猶豫的呼吸聲罷了。

「還有，我啊……啊……！」

出於尷尬，韓常環本來想支支吾吾地延續話題，但在語畢之前，溫暖的雙唇便落了下來。

咦？剛才到底想跟殿下說什麼……在傾洩而來的吻之下，所有的記憶和視線都變得模糊，輕盈的身體在李鹿的力量之下，像是被推開似地向後退，當然，為了不讓對方跌倒，李鹿緊緊抓住了他。

「呃……」

當衣帶一被解開，花不了多久時間便看見韓常環裸露的肩膀，他雖然也伸手撫摸著殿下的衣服，但因為不是很熟悉這種精巧的傳統服飾，李鹿不如自己動手脫還比較快。

「呃、呼……」

韓常環慢慢開始昂首的生殖器一直摩擦到李鹿如鋼鐵般突起的大腿肌肉，當呻吟聲和甜美的喘息一同落下時，因為身體接觸到不同的地板觸感和溫度，才讓韓常環這才發現兩人已經移動到了浴室。

原本韓常環掙扎著想要推開那相觸的身體，但李鹿就像是在表示不會給自己空隙似的，一併脫下內衣。

早已變得硬挺的生殖器推開皮帶彈了出來，而龜頭早已被體液浸溼。

「殿下……」

「這麼快就變得這麼會撒嬌啊？」

當韓常璟那興奮的哀求聲一拉長，李鹿便笑了出來，接著像是把韓常璟夾在腋下似地抱起後，大步地走向淋浴間。

本以為李鹿會直接走向浴池，讓他趴下後便立刻大力抽插，再接著叫韓常璟騎上自己身體。

但是心中一堆擔憂的殿下似乎是想在認真地為韓常璟清洗，才好好地解放一番。其實韓常璟也不討厭他這麼做，反而……

「殿下，那個……」

「嗯，我在。」

「我好像……又愛上了……」

「愛上？愛上我嗎？」

「對……」

對韓常璟而言，做愛就像是本能，撇開被藥物打造出來的身體不說，就跟普通人的情況一樣，要不然韓會長就無法讓能模仿特殊體質藥物暗中流通了。簡單說來，就是沒有人討厭這種行為。

李鹿不久前還在煩惱是否真的能做出這種行為，但是現在竟然能看到韓常瑈受到如此原始本能動搖的模樣。這真是一件神奇的事，居然能在拒絕和猶豫之中，看見對方堅定的愛情……

「呃、呃唔……」

溫暖的熱水從頭上灑下，水聲就像是信號，李鹿沾滿沐浴乳的手便開始掃向韓常瑈的身體各處，每次的輕拂都讓身體冒出柔軟的泡泡。在香氣之中，韓常瑈被那雙撫弄興奮之處的大手搞得暈頭轉向。

久違的焦躁開始強烈地沸騰著身體的各處，再這樣下去，似乎很快又要射精了，韓常瑈雖然使盡力氣想要忍耐，但結果仍像平常一樣，一點也不容易。

「殿、殿下、啊……！」

「再次愛上了我？至今為止不論我送了你什麼，都從沒聽你說過那種話。」

「啊，呃嗯……」

「不對啊，等等，這應該是我第一次聽到那種話吧？好像一直都只有我在說的樣子耶，只有我一直向你告白說我喜歡你。」

李鹿癟著嘴，也許是因為耍脾氣，他四處撫摸的手變得更加用力。

「那個……啊、啊呃呃，殿下……」

「你不是一直都在準備要逃走嗎？」

是嗎？不過在說那話之前，應該早就已經輕易地表現出自己的心意了吧？之前在他幾次的詢問之下，應該都有敷衍帶過……表示自己喜歡他吧？

光是一句再次愛上他的話語，就能讓他變得如此興奮，看來殿下一直都默默地將這個問題放在了心裡。

「啊，不行，等一下，殿下，您若是這樣摸……」

「射出來沒關係。」

因泡沫和凝膠而變得溼黏的手突然闖入了雙腿之間，自龜頭到根部，反覆掃過了好幾次，當李鹿開始撫摸因興奮而緊繃的陰囊和後面的會陰部時，韓常瑮整個身體就像是要融化似地難以維持住姿勢。

流向韓常瑮大腿間的黏稠液體，也不知道究竟是沐浴乳，還是已經開始累積於洞口的愛液。

「哈、呃、殿下……」

「反正不管你會不會射精，我都打算照我自己的意思去做，所以你也依照自己的感受跟動作吧。」

韓常瑮臉上的每一處，都落下了如小鳥啄食般地親吻。不過，有必要用如此溫柔的嗓音說出那種表示不會管韓常瑮的身體如何，都會好好解放欲望的宣言嗎？

「殿下……」

「啊，幹麼一直叫我？」

他就像是故意耍脾氣回嘴的孩子一樣，發出粗重的呼吸聲，韓常瑮明知自己搞砸了，還是忍不住笑容。

「……啊，殿下，快住手。」

當韓常瑮的眼角擠出淚水之後，他再次小聲地喊了喊李鹿。

如果他告訴李鹿，比起四濺的水聲和噗嚕噗嚕泡泡聲，他那雙長長的手觸碰著自己臉頰時，心臟所發出的噗通聲更大……如果告訴他，自己全身的神經都專注在他的身上……那他會相信嗎？

「你不會知道的，不知道我今天有多麼努力工作。」

「您……呃……您不是一直都很努力嗎？」

「但我今天更努力，雖然無法馬上告訴你……但總之這對你來說也是好事。」

說了這麼多，最終是為了自己的事，韓常瑮伸出了手，並小心翼翼地將李鹿那被水氣浸溼的瀏海往後撥，兩人的視線再次交會，而笑意也停了下來，既溼潤又溫暖的空氣中，開始蔓延著更加沉重、更加炙熱的情感。

「……我、我喜歡您。」

韓常琛用力發出聲音之後，可以感受到正觸摸著自己私密處的大手鬆懈了下來，直到他看見李鹿睜大的雙眼，韓常琛這才明白自己到底說出了什麼話。

「我真的很喜歡……殿下……」

但奇怪的是，心裡卻覺得很暢快，撇開各種情況，為了傳達自己的心意，而脫口而出的這句喜歡……即使正看著李鹿，也能將喜歡說出口，心中有股無法挽回的澎湃感。

現在似乎終於明白那麼多故事中，為什麼主角總是無法守住祕密，而將自己的心意表達出來。

只要一意識到自己的情感，嘴巴就會變得不受控制，就像是被詛咒一樣，舌頭自顧自地跳起舞來，好喜歡、好喜歡殿下、好喜歡這個人……

從他向一無所有的自己伸出手的那一刻起，也就是打從一開始……自己似乎就已經大膽地將殿下放進了自己的心裡。

「也許光是一句喜歡……是無法說明的。」

是啊，光是一句喜歡，確實是不夠，也許這其實是……

「我……我好像……愛著殿下呢。」

唰的一聲，那幾乎要碰到天花板，被設置於高處的花灑撒下了水柱。

韓常瑔閉上眼睛，就有被梅雨季的細雨浸溼的感覺，狹窄的淋浴間，只充滿了那樣的聲音。

被滿滿的愛意薰得好似馬上就會爆炸的紅潤臉龐慢慢地冷靜下來。

啊……真是的，一被沉默的氛圍包圍肩膀就不自覺地蜷縮起來，不懂得察言觀色的他似乎又闖禍了，早知道就依照殿下所期望的，說喜歡他、迷上他……這種恰到好處的話語就好了。

結果卻為了撫慰自己那激動的心情，而讓對方擔上了沉重的負擔……

愛？自己算哪根蔥？說什麼愛？

「對、對不起……」

果然，他話說得太囂張了，眼前的這個人在發現自己在趙東製藥經歷過的事情之前，就已經跟韓會長為敵了。

說他不是一定得留在正清殿，甚至還說就算新的季節到來，也會讓韓常瑔繼續留在這裡……光是這樣，韓常瑔就已經對李鹿有一輩子還不清的債了，現在居然還說什麼愛他……

「呃……我的意思是，我對您的喜歡……」

意思是我真的很喜歡殿下，當自己正要道出這種卑劣的藉口時……

「呃、啊……！」

李鹿拉著自己的手臂，將自己擁入了懷中，力道大到泡沫全都從身上落了下來……

「殿、殿下？」

「……我覺得還不到說那種話的時候。」

「雖然我也喜歡你，雖然我們正做著這種事……但畢竟未來不知道會是什麼關係，特別是我現在還不知道該如何解決婚約的問題……」

以大力的水聲為背景，李鹿緩慢地開口。

「對不起，我給您太大的壓力了，對嗎？」

「不。」

李鹿的雙手包覆住了韓常琛的臉，他那巨大的手不僅包覆韓常琛的臉蛋，甚至連脖子和耳朵都一併覆了上去。

「我說的這些話，並不是為了聽你的道歉，我只是想解釋我們目前正處於那樣的狀況。」

「解釋……但我真的沒關係的說……」

「這是真的，我沒想到……你會在這種情況下說愛我。」

李鹿那帥氣的眼神變得柔軟，敲打李鹿手背的水滴聲也變著遙遠，每當他那大大的手溫柔地輕撫著韓常琛時，就有種莫名感動的情感一擁而上，甚至讓內心深處也顫抖了起來。

「您不會覺得……心情不好嗎？」

「嗯？為什麼要心情不好？」

「因為我突然自顧自地……表現得這麼認真……」

李鹿幫韓常璂擦去被水氣浸溼的臉，其實因為他的手也是溼的，所以有沒有擦都一樣，但是被他的手所拂過的地方，卻似乎有種乾爽的感覺。

「如果喜歡上了某人，並且開始談戀愛的話，大家都會在興奮的心情下，做出那樣的想像。」

李鹿說，所謂的戀愛本來就都是這樣，如果沒有和這個人分手，甚至走到了婚姻的殿堂，那會是什麼感覺呢？

這次和其他時候不同，似乎真的是對的人，既然如此，這應該就是愛了吧？他說大家都是一邊這樣想，一邊帶著膨湃的心走下去的。

「當然，畢竟因為我是皇子的關係，所以最終還是要考慮到現實的問題……不過我對其他人所夢想的那種平凡的浪漫也非常有興趣。」

「那殿下……您也有過……那樣的想法嗎？」

「什麼想法？」

「就是……愛我的那種……」

「那當然。」

「咦？我……我嗎？真的嗎？」

「我甚至還想過更深入的部分呢。」

「更深入的部分？」

韓常璟的雙唇在無預警之下被李鹿溫柔吻上，他伸出的舌尖掃過上顎凹陷的部分，就像剛才進入浴室時一樣，無論怎麼掙扎還是敵不過李鹿的力氣，身體整個被向後推了開來。

淋浴間內明明是如此地溫熱，但牆壁卻冰冷得讓韓常璟的背，像是爆米花似地彈了開來，當他挺直腰部，只讓肩膀和屁股貼著牆時，下方便傳來了李鹿炙熱的氣息，而被他不停磨蹭的唇邊，響起了一聲「好性感」的嘀咕。

「你要不要聽聽看我在回來的路上所做出的想像？你要是聽了全部，可能會覺得很有壓力喔！」

「但……但我還是想聽。」

「好，但是你不可以後悔。」

韓常璟的身體離開冰冷的牆面之後，李鹿反覆摸了幾次他彎曲的腰部後便開了口。

也許是因為李鹿無法掩飾那股愉悅，總覺得那微微顫抖的嘴角有種既暢快又天真的感覺。

「這是等一切事情都順利解決，把韓會長趕下臺，並且讓你恢復自由之身以後的事情。

當然，對外你仍然是趙東製藥最寶貴的小兒子，是一名有著龐大財產的人。」

所以等韓會長消失後，任何人都無法無視你，李鹿一邊說著，一邊輕咬著韓常瑮的鼻尖。

「還有，什麼都不知道的人們，還是會認為你是Omega……這樣就連皇室也不能在沒有什麼重大原因之下，廢除這場婚事。」

「殿……下……」

「所以我們最終還是會舉行國婚……」

李鹿那放在腰下的手，漸漸往下方撫去，在揉弄因熱氣而變得紅通通的屁股後，又用雙手抓起了那好似熟透蘋果的屁股肉，並將其大大地掰了開來。

「當初為了繞場，而在光化門外兜圈子時，因為你第一次見到這種大型活動，才會驚訝地抓住我的手，不過那副樣貌若是被投射在螢光幕上，人們一定會不停喧鬧表示你很可愛……還會說我竟然要跟著如此幼小的你舉行嘉禮，真是個吃嫩肉的癩蛤蟆吧？」

殿下的大手突然插入了縫隙之間，韓常瑮早在之前就已經溼透的洞也欣然地接受了他的手指，因為被如此輕而易舉地插入，讓韓常瑮害羞地紅起了耳朵。

「呃、呃、殿、殿……下……」

「還有，國婚的最後一道步驟，就是要在世宗大王的銅像前面攝影……」

食指和中指就像是變成了生殖器一樣，慢慢地在洞裡無限往返，對內壁的刮搔敲打，讓韓常璟的生殖器也直挺挺地站了起來。

「這時生果房就會準備裹有大棗的龍鬚糖，我想我大概會在車隊遊行途中，把那個偷偷藏在衣袖裡……然後再送到你嘴邊吧。」

另一邊沒有在抽插後方的手指，就像是在讓李鹿的想像變得更具體似的，突然闖入了口中。

「嗚、唔……」

「到處都會充滿閃光燈、也會聽到人們的掌聲……那些對我指指點點，說我是Alpha的人，又或是曾經欺負你的那些傢伙，都會因為不想看到這副光景，而躲在暗處跺腳吧？但是不論電視轉到哪一臺，都會出現我們兩個互相擁吻的幸福樣貌。」

李鹿好似在凝視遠方某處的雙眼，一點一點地聚了焦，那雙散發鮮明光芒的瞳孔之中，映照著自己的臉龐，感覺就像被鎖定住一樣，不停地閃爍。

「我只是在回連花宮的路上，突然……有了這種想像。」

李鹿將手指收回，並說出了自己今天與韓元碩見面的事。

「咦？韓元碩……他……難……難道是趙東製藥的……」

「沒錯，不是有句話叫以夷制夷嗎？如果韓會長沒了，能得到最多利益的人就是長男，所以他就是我們最先要拉攏的人啊。」

「這……」

「我並沒有想把你所經歷過的事情用在這件事上，雖然我沒有自信自己能像以前那樣，說自己與其他人不一樣，是一名潔白正直的人……但至少我會努力不讓媒體出現一堆亂七八糟的輿論戰。」

在內壁裡不停攪動的手抽了出去，但骨盆的某處卻硬挺挺地貼了過來，李鹿的膝蓋穩穩地固定住了韓常琛那張開的雙腿，這是之前嘗試過的體位，而自己要做的就只是環住李鹿的脖子，並將小腿貼緊他的腰部。

負責穩住兩人體重的工作全由李鹿負責，所以每當要用這種姿勢做愛時，韓常琛的心情總是不太好。

畢竟李鹿現在已經因為突然出現的他，而得為了原本不在計畫中的事情孤軍奮戰了，結果連發生關係的時候，也好像成為了他的負擔。

「啊、呃啊、殿……下……」

「所以啊，你也……呼……你也好好想想看。」

「啊，等等，深……呃、太、嗯……」

「想想要跟我談長遠戀愛的事，也想想我們未來總有一天會一起生活的事。」

「這、這、呃……哈呃、這種……事情……」

「因為我也愛著你啊。」

韓常琛驚訝地在深吸一口氣後全身僵硬了起來。

「嗯?殿下……您剛才……」

「什麼嘛!剛才明明就是你先說那種話的。」

李鹿抓著韓常琛的下巴,並用著淘氣的臉嚴肅地說道,就像是在要對方不要任意解釋或是因為興奮而逃跑似的,清清楚楚地說著「韓常琛」。

「我愛你,韓常琛。」

我也愛你,我也愛著你……

「……啊。」

韓常琛慢了一拍,口中才發出傻瓜般的嘆息聲,水柱沖進了因發愣而張開的嘴裡,李鹿似乎看著那傻瓜般的臉龐,而小聲嘀咕了什麼。

但也許是因為水聲本來就很大,所以其實聽得不是很清楚,不對……韓常琛,那麼……

他邊笑邊嘀咕的那些言語,就像耳鳴聲一樣,在耳邊不停盤旋。

談一個長長久久的戀愛吧!

然後以後一起生活吧……

李鹿的那句愛你,還有表示曾想過兩人未來的話語,正在敲擊韓常琛整個腦袋。

看著韓常環那不論自己說了什麼都合不攏的嘴，李鹿便像是放棄似地左右搖了搖頭。

原本用大拇指緊壓韓常環下唇的他，放棄抹去唇上的水氣，而是直接吻了上去。

他在笑嗎？那相觸的雙唇和臉頰就像扇子一樣勾勒著圓圓的弧線。

「……呃、嗯。」

也許是在聽到突如其來的呻吟聲而明白了什麼，李鹿緊緊地抓住韓常環那圓鼓鼓的臀部，並將身體扭向其他方向，因為有身材比自己高大許多的他撐著，水也就再也沒有噴向自己的身體了，不過他剛才並不是因為覺得不舒服才會發出呻吟聲的啊……

傾瀉而來的水柱聲跟之前的夏夜非常相像，只是一切都感覺非常遙遠。

想起當時，一切都很悲傷，那是最悽慘、最痛苦的一個夏天，當時正準備要換季，一想到等天氣變冷了，自己就得離開連花宮，就讓他睡也睡不著，但當天氣真正轉涼時，卻收到淡黃色的絎縫外套，還聽見這個宮的主人說愛自己。

「……殿下。」

「嗯。」

「那個……我是第一次說這種話。」

「我知道。」

「也是我……第一次聽到這種話。」

「這我也知道。」

順著李鹿那如山陵線彎曲的寬大肩膀，清澈的水珠閃閃發光，沿著造物主努力雕刻的結實肌肉，水珠搖曳地跳起了舞。

這是一幅非常美麗的光景，而在連花宮裡的每個瞬間都是如此地美好。

「韓常環，我……嗯……我從來都沒想過，我們會這樣互相表示愛著對方，或是在聊與未來有關的事情時，會用如此出乎意料的姿勢。」

李鹿眼下的臥蠶輕柔地彎了起來，笑容就像是水墨畫中出現的那種既喜氣又妖媚的美人。

是多虧了浴室裡的燈光嗎？今天和平時不一樣，在浴室的燈光照射下，李鹿白皙的肌膚特別閃亮，就像是老匠人用盡心血打造的白瓷，就像白雪一樣雪白的李花或梨花一樣……

「雖然如果能再浪漫一點的話應該會更好……不過這樣突然被告白好像也不錯。」

「啊呃、唔！殿、下……！」

「真的有種……呼……情感被完全掏出來的感覺……」

在韓常環的身體被刺至深處的感覺之下，他漸漸找回了現實感。

每當那巨大的生殖器大力地在張開的雙腿間攪動時，原本被堵住的喘息聲就會開始從口中流出，被空氣填滿的肺部也漸漸縮小，呼吸的速度以與剛才不同的原因，變得快速了起來。

「呃、啊、太深、太深了，啊！」

快速的喘息聲不斷流出，韓常瑮伸出顫抖的雙臂環住李鹿的脖子，並將額頭靠在那宛如石頭的肩膀上，每當身體搖晃的時候，依靠著他的額頭和臉頰就會滑向他結實的肌肉。

真是神奇，明明在用手探索李鹿的身體時，都覺得他的身體強壯得如鋼鐵般難以穿過……但實際觸碰到時，卻是如此的柔軟細嫩，這絕對不是因為現在站在水龍頭底下的關係，以前也是這樣，當氣氛開始升溫時，李鹿的白皙肌膚就像是被噴上了噴霧似地溼潤，相反的觸感居然能如此完美地共存，真是太神奇了。

「……很神奇吧？」

「嗯？」

韓常瑮以為是他在心裡對李鹿的肌膚有所評價的事情被發現，而嚇得顫抖的身體。好險李鹿並沒有要說任何情色的言論。

「因為一說到喜歡、一說到愛……」

「……啊啊。」

「就有一種你真的成為我的人的感覺。」

李鹿正經的嗓音裡充滿著激動之情，感動到讓韓常瑮覺得剛才在想別的事情的自己真是太對不起李鹿了。

儘管韓常璟處於這種情況，整個人的心思居然仍放在殿下美麗的肌膚之上……看來自己這下子真的是無可救藥了。

「也許就是因為這樣，人們才老說要表現出自己的愛意，你不覺得嗎？」

「我、我剛才、有啊，呃、嗯……」

韓常璟坦白地說出自己錯誤的想法，李鹿便顫抖著肩膀笑了出來。

「你剛在想什麼？」

韓常璟連忙搖了搖頭，要怎麼告訴他才好？因為到剛才為止都還在聊一些令人感動的感性話題，但是您的肌膚就像剛蒸好的年糕一樣又溫暖又柔軟，讓我看了心情好好……

「什麼？你一定是想了什麼色色的事情吧？」

李鹿瞇起了眼睛，便輕輕地咬了咬韓常璟紅透的耳廓。

「這、這……」

「哇，怎麼可以這樣。」

「呃、啊、啊啊！」

「之前你紅著臉說愛我之後，我到現在都還沉浸在那股餘韻裡耶。」

李鹿快速地不停抽插，並詢問韓常璟到底產生了什麼淫蕩的想像。

和純淨的水滴噴向牆壁時完全不同的色情聲響，填滿了整個淋浴間，刺激到喘不過氣的韓常瑮甚至自動伸出了舌尖。

「殿、殿下……這、這是什麼……姿勢？」

「很不舒服嗎？」

「有……點……」

「所以我才會說，在這裡做會很辛苦啊。」

「可、可是……」

低下頭的李鹿沒有回答，只是用嘴唇內部柔軟的部分包覆住韓常瑮那溫熱的舌頭。凝結的熱氣和急促的呼吸有一種瞬間傾洩而出的感覺，正當韓常瑮有得救了的安心感時，李鹿便像是沒有要給對方任何餘地，將那如凶器般的生殖器大力地拔了出來。

「乖！」

韓常瑮硬挺的乳頭僅是碰到噴過來的小小水滴也忍不住顫抖了起來，那剛才還含著生殖器，好似要爆炸的內壁則有種空虛的感覺，不停地反覆開合。

「如果繼續讓你這樣跪在地上做，膝蓋是會受傷的。」

「那……」

「你轉過來坐下好了，坐在我身上。」

那逗弄著自己的嗓音太過甜蜜，連李鹿接下來想對自己做什麼都不清楚，韓常琛就先點頭答應，而當身體一被轉向反方向，李鹿便從後面緊緊地抱住他。

「沒錯，就這樣坐在我身上。」

「身上？」

「嗯，把腿張開，想像我的身體夾進你的大腿內側。」

韓常琛彎起腿，並慢慢地坐下，而殿下為了安全便張開雙腿，用膝蓋幾乎跪地的姿勢坐了下來。

總之，如果要執行他的指示，韓常琛就得將腿張得比李鹿還開。

「呃……」

內側的肌肉變得更加緊繃，腿原本就很長的人就算跪著膝蓋坐下，位置還是比韓常琛想像的還要高，雖然他用大腿內側像是要將李鹿的大腿緊緊包覆似地夾緊，但因為重心傾斜的關係，讓他的身體一直不斷地往前傾。

「小心點啊。」

雖然因為李鹿輕輕貼合著空隙，所以韓常琛在往前摔時沒有撞到鼻子……但是當手觸碰到地板時，從胸口下方到屁股也跟著被抬了上去，最終成了與狗爬式體位相似的姿勢。

「膝蓋應該沒有碰到地板吧？」

「是、是這樣沒錯……」

「好，現在就以這個狀態，你自己動動看吧！」

李鹿表示自己會幫忙插進去，並用龜頭末端摩擦著一張一闔的密處。

「啊，這、呃……嗯……」

更難堪的是，在李鹿插入的同時，韓常璟也跟著射精了出來，白淨的精液不停傾瀉，開始弄溼了淋浴間的玻璃牆面。

「呃、呃唔、殿、下……啊！」

「你現在……呼……有哪裡痛嗎？」

「不是痛……只……只是……呃啊、啊！」

韓常璟沒有任何感到痛的地方，也沒有需要出力的地方，就算半身懸在空中、撐著地板，也因為身後有李鹿緊緊地抓住腰骨，所以就算不出力也能自然地維持姿勢。

問題就只是身後的洞不得不袒露地展現在李鹿的面前，搞得那不斷抽插敏感內部的刺激接續不斷，好似有種高潮無限的感覺。

「殿、殿下……我、嗯……我射了、啊、呃嗯！」

「很好，現在你只要像是亂搗似地上下擺動腰部就行了。」

「呃啊、啊、啊……」

韓常璟急促的呼吸聲伴隨著欲哭的呻吟聲一同傾瀉而出，他的身體就快要摔下去了，若不是因為現在的體位是自己用雙腿夾住李鹿的大腿，不然他的臉早就撞向地板了。

當韓常璟為了不讓自己摔倒而將手肘緊緊靠在地板上，腰部就被弄得比剛才還要彎，屁股也被抬得比剛才還要高。

李鹿甚至不太記得當初為什麼要韓常璟做這種刺激的姿勢，難道是在追問純真的他到底做出了什麼樣的想像嗎？原本只像是對他開個小玩笑而開始的體位，最後卻變成了任何人都笑不出來，既黏膩又淫蕩的動作。

「呃呃、呃、呃嗯……」

從垂下的後頸到手肘，韓常璟整個人都紅得像是熟透的水蜜桃。

他張開的嘴角大概也正流著口水吧？淋浴間的玻璃因充滿了水氣而無法映照出情色的臉龐，實在是令人感到可惜。

是因為在廣惠院那得知了韓常璟的身體就跟Omega沒兩樣嗎？還是從聽到他說需要自己的精液開始呢？之前明明就覺得他身上多少散發著人工的Omega氣味，但也許是記憶的扭曲和情感的過剩，現在卻一直覺得他散發著的是誘惑人心的桃花香。

「哈啊……」

當李鹿益發出充滿感嘆的聲音，韓常璟的腰部下方便大力地晃動起來，明明不是刻意，但看來現在連自己的呼吸聲，對他來說都成了大大的刺激。

「啊呃、呃、呃嗯……」

當急促的呻吟斷斷續續地響起，李鹿那宛如凶器的生殖器便一點一滴地推入紅透的密處。

當韓常璟咬住並試圖吞噬自己生殖器的纖瘦身軀前後搖晃時，如精緻麵團的細緻屁股肉顫抖的樣子真是可愛。

「啊、嗯……」

韓常璟那圓得好似匏瓜的雪白臀部到大腿內側，因出力而反覆凹陷又鬆開，每次變成這樣時，李鹿就能觀察自己的生殖器正處在他內壁的何處，以什麼樣的方式正抽插著，也能評估那股刺激對韓常璟來說究竟有多強烈。

韓常璟柔軟的肉發出著黏膩的聲響，被李鹿那好似石頭的壯碩大腿不停衝撞。

雖然這也沒什麼新奇的，但現在李鹿似乎能夠明白，人們為什麼會用吃東西來比喻做愛了。

當好似布丁、豆腐般白皙的肌膚在眼前晃動時，李鹿就會產生想一口咬下去的衝動，雖然因為這樣的行為在韓常璟的眼裡，看起來可能會像是在耍小性子，所以他其實也已經盡量在克制自己了。

「韓常瞟。」

只不過是喊了他的名字，韓常瞟那氣喘吁吁的氣息中卻出現了一絲的哭腔。

韓常瞟已經射精兩次了，嗯……搞不好其實不只兩次，雖然一開始就像是水槍噴射一般，往牆下不停射出，但在那之後也毫無前兆，只是一直晃動著尾椎下方……難道他在沒有特殊前兆的狀態下，還是能持續處於高潮嗎？

「常瞟。」

「殿、殿下，呃啊……！」

當省去姓氏，只喊出他的名字時，韓常瞟便發出帶有鼻音的酥麻呻吟，並快速地搖了搖頭，那被抬得高高的屁股瘋狂擺動，在強烈的動作之下而變得Q彈飽滿的屁股肉就像是在水面上擺動的漣漪。

「我好像……呼……也差不多要射了……」

「嗯，好、好、啊呃、好的……」

韓常瞟點頭的力道就像他下半身晃動的程度一樣大，也許是因為知道馬上就要結束了而感到安心，他那被染上玫瑰色的緊張肩膀也跟著立刻鬆懈了下來。

極端與極端是相似的，任何事情只要過量就會成為傷害，快感和痛苦應該也只是一線之隔吧？

韓常瑮此時的身體，也許就像是全身都成了敏感帶一樣，再也無法承受那過度撲向自己的快感。

「話說回來，你不是說要在我射精之前，讓我吸吮你的洞嗎？」

李鹿用手指輕拂過那早已被愛液填滿的接合處時，韓常瑮的身體就像是觸電似地微微顫抖，因為用力的關係，腳尖也蒼白了起來。

看來他又射了，透明到難以與水區分的黏膩液體流到地板上，而自洞裡流出的愛液也早已浸溼了李鹿整個生殖器。

「嗯……仔細想想……你好像連在射精之後的樣子也很色情耶。」

「啊，殿、殿下……這種事……」

「想像自己射出的精液從你那張開的洞裡不停流出的畫面……總覺得若是看到了那種畫面，感覺應該也不差。」

——《柳樹浪漫04待續》

高寶書版集團
gobooks.com.tw

CRS036
柳樹浪漫 03
버드나무 로맨스

作　　者　moscareto
譯　　者　徐衍祁
封面繪圖　月見斐夜
編　　輯　賴芯葳
校　　對　櫻薰
美術編輯　林鈞儀
排　　版　彭立瑋
企　　劃　黃子晏

發 行 人　朱凱蕾
出　　版　朧月書版股份有限公司
　　　　　Hazy Moon Publishing Co., Ltd.
地　　址　臺北市內湖區洲子街 88 號 3 樓
網　　址　www.gobooks.com.tw
電　　話　(02) 27992788
電　　郵　readers@gobooks.com.tw（讀者服務部）
傳　　真　出版部　(02) 27990909　行銷部 (02) 27993088
郵政劃撥　19394552
戶　　名　英屬維京群島商高寶國際有限公司臺灣分公司
發　　行　英屬維京群島商高寶國際有限公司臺灣分公司
初版日期　2023年11月

國家圖書館出版品預行編目 (CIP) 資料

柳樹浪漫 / moscareto 作；徐衍祁譯. -- 初版. -- 臺北市：朧月書版股份有限公司出版：英屬維京群島商高寶國際有限公司台灣分公司發行, 2023.11
　面；　公分. --

譯自：버드나무 로맨스

ISBN 978-626-7362-25-9（第 3 冊：平裝）

862.57　　112018055